Als Lisa in haar achtertuin de was ophangt staat er plotseling een ontsnapte tbs'er voor haar neus. Vluchten is geen optie omdat ze het leven van haar zesjarige dochter Anouk niet in gevaar wil brengen. Er volgt een angstaanjagende en zenuwslopende week waarin moeder en dochter in hun huis gegijzeld worden.

Journalist Senta is met haar auto verdwaald in de mist. Als ze besluit aan te bellen bij een dijkhuisje, ziet ze tot haar schrik dat daarbinnen een vrouw met een mes wordt bedreigd. Terwijl ze op zoek gaat naar hulp overkomt haar iets vreselijks...

Simone van der Vlugt is een van Nederlands grootste thrillerschrijfsters. Haar literaire thrillers verschijnen in elf landen in vertaling. Ze woont met haar man en kinderen in Alkmaar.

'Opnieuw een vaardige spanningsopbouw.' – *de Volkskrant*

'Een tergende spanning. Je vliegt over de woorden heen op weg naar de ontknoping.' – *esta*

'Van der Vlugt weet een sfeer van onheil te scheppen.' – *Trouw*

'Wie zo knap de universele angsten van de vrouw weet te beschrijven, verdient een plaats aan de top.' – *Crimezone.nl*

Van Simone van der Vlugt verscheen bij uitgeverij Anthos

De reünie
Beste thrillerdebuut 2004 door Crimezone
Nominatie voor de NS Publieksprijs 2005

Schaduwzuster

Het laatste offer
Nominatie voor de NS Publieksprijs 2007

Blauw water
Nominatie voor de NS Publieksprijs 2008
Nominatie voor de Gouden Strop 2008
Winnaar Zilveren Vingerafdruk 2009

Herfstlied

Jacoba, Dochter van Holland

Op klaarlichte dag
Winnaar NS Publieksprijs 2010
Beste Nederlandse thriller 2010 door Crimezone

In mijn dromen

Rode sneeuw in december

Simone van der Vlugt ontving in 2006 de Alkmaarse Cultuurprijs voor haar tot dan toe verschenen werk.

Simone van der Vlugt

Blauw water

Anthos | Amsterdam

Eerste druk 2008
Negentiende druk 2012

ISBN 978 90 414 2079 4

Omslagontwerp Roald Triebels, Amsterdam
Omslagillustratie © Hillcreek Pictures/Corbis
Foto auteur Merlijn Doomernik

Verspreiding voor België:
Veen Bosch & Keuning uitgevers n.v., Antwerpen

I

Op het laatste moment ziet ze de man pas. Lisa is bezig de was aan de droogmolen in de tuin te hangen als hij achter de fladderende lakens opduikt. Met een gil laat ze het laken, dat ze net wilde ophangen, in het gras vallen. De man kijkt zo angstaanjagend dat ze terugdeinst en tegen het tafeltje achter haar botst. De wasmand die erop staat valt eraf, gevolgd door het knijpermandje.

Met samengeknepen ogen kijkt de man haar aan. Hij ziet er nogal onverzorgd uit, met gemillimeterd, zwart haar en een stoppelbaard van minstens twee dagen. Hij draagt afgetrapte cowboylaarzen en er zitten grasvlekken op zijn kleren. Maar het is vooral de kille blik in zijn ogen die Lisa angst aanjaagt.

Een windvlaag doet de droogmolen rondtollen en het wapperende wasgoed onttrekt de man even aan het zicht. Lisa maakt van die paar seconden gebruik om naar de keukendeur te hollen. De man loopt om de droogmolen heen, slaat de lakens opzij die tegen zijn gezicht waaien en loopt haar achterna. Pas als ze bijna bij de deur is, trekt hij een sprintje. Met een klap gooit Lisa de deur voor zijn neus dicht, maar nog voor ze de knip erop kan doen, duwt de man hem open en dringt zich naar binnen. Zijn aanwezigheid vult de hele keuken.

Lisa's ogen glijden naar de messen die aan de betegelde muur boven het aanrecht hangen, maar ze weet dat ze nooit snel genoeg zal zijn om er een te pakken te krijgen. Behoedzaam schuifelt ze achterwaarts naar de openstaande deur van de huiskamer. Daar klinken schelle geluiden die afkomstig zijn van de televisie, haar vijfjarige dochter Anouk zit op de bank te zappen.

Roerloos blijft Lisa staan. De indringer ook, en secondenlang kijken ze elkaar aan. Als Anouk nu maar niets in de gaten heeft. Als ze maar rustig op de bank blijft zitten, verdiept in de tekenfilm.

De man ziet er niet overdreven gespierd uit maar hij is wel erg lang, en Lisa weet dat hij haar zonder moeite tegen de grond zou kunnen werken. Ze maakt zich geen illusies dat ze hem kan tegenhouden, maar ze kan hem in ieder geval het directe zicht op haar dochter ontnemen.

Het dringt tot haar door dat hij nog geen woord heeft gezegd. Ze kan hem niet peilen, heeft geen idee met wie ze van doen heeft en wat hij van haar wil.

Als de man op haar afkomt, deinst ze terug en grijpt de deurposten vast, maar hij draait zich om naar het aanrecht. Daar liggen de restanten van de lunch nog: de broodplank, een halve zak bruin brood, een rol beschuit en een pak hagelslag. In de gootsteen staat een half leeggedronken glas melk van Anouk. Meer kreeg ze er niet in vanmiddag, en Lisa had niet aangedrongen. De kans was groot dat ze het toch weer zou uitspugen.

De man pakt het glas en drinkt het snel leeg. Dan grist hij de broodzak naar zich toe, negeert de keurige knoop waarmee Lisa de zak heeft dichtgemaakt en scheurt het plastic kapot. De boterhammen tuimelen eruit en de man propt er een in zijn mond zonder acht te slaan op het beleg op het aanrecht. Terwijl hij eet, houdt hij Lisa met één oog in de gaten.

Ze bekijkt het tafereel vol verbazing. Die man is uitgehongerd! In tweestrijd kijkt ze hoe hij alles naar binnen propt. Als ze alleen was geweest zou ze er zeker snel vandoor zijn gegaan. Maar met Anouk zal ze niet ver komen. Het beste wat ze kan doen, is proberen hem duidelijk te maken dat ze niet de vijand is, dat ze hem wil helpen.

Met bevende handen opent ze de koelkast en steekt haar hand erin. Op hetzelfde moment omvat een grote hand haar arm in een stalen greep. Een agressief gezicht is opeens heel dichtbij, maar als hij ziet dat Lisa een doos eieren in haar hand heeft, ontspant de man.

'Ik... ik dacht, ik zal een eitje voor je bakken,' stamelt Lisa. 'Heb je daar trek in?'

De angstige, onderdanige klank in haar stem bevalt haar niet, maar de man laat haar arm los.

Met trillende benen loopt ze naar het aanrecht en doet een kastje open. Zo kalm mogelijk, zonder onverwachte bewegingen, pakt ze een koekenpan en gaat aan de slag.

Te dichtbij, hij staat veel te dichtbij. Lisa's handen omklemmen het pakje boter. Daar zal ze een stukje van af moeten snijden, maar ze vestigt liever niet zijn aandacht op een mes.

De boter is koud en hard en ze moet lang peuteren voor de verpakking eraf gaat en ze met haar vingers een stuk kan afbreken. Snel gooit ze de kluit in de pan en veegt haar vette vingers af aan haar spijkerbroek.

Sissend smelt de boter in de pan. Even later vallen de eieren erbij, maar ze heeft ze zo onhandig gebroken dat ze de stukjes eierschaal er weer uit moet vissen. Ook met het zout en de peper gaat ze te kwistig om. Het ergert haar dat ze de controle over haar handelingen kwijt is, en tegelijk voelt ze de behoefte om bezig te blijven en zo de schijn op te houden dat ze de situatie meester is.

Langzaam en weloverwogen draait ze zich om naar de koelkast en deze keer laat hij haar begaan. Kaas en ham belanden schots en scheef op de eieren, waarvan de dooiers langzaam stollen. Het gas kan nu lager en met een metalen schuimspaan licht ze het spiegelei af en toe op. Het voelt goed om iets in haar hand te hebben dat als wapen kan dienen, al is het nog zo minimaal.

Gebiologeerd staart de man naar de eieren. Hij snuift de etensgeur op en opeens duwt hij Lisa ruw opzij, haalt de pan van het vuur en kwakt de gebakken eieren op de broodplank. Met zijn handen pakt hij ze op en verdeelt het gerecht over twee boterhammen, die hij vervolgens staand opeet.

Met haar rug tegen de betegelde muur gedrukt kijkt Lisa toe. Goeie god, wat kan die man eten. Als hij nog grotere happen neemt, stikt hij er nog in.

Maar de man slikt iedere hap gewoon door en valt dan uit naar Lisa. Er ontsnapt haar een gesmoorde kreet, maar hij rukt alleen de koelkast open en haalt er een pak melk uit. Met de opening aan zijn mond klokt hij de inhoud naar binnen, knoeiend over zijn ongeschoren kin en zijn kleren.

Buiten adem van schrik leunt Lisa tegen de muur. Wat zal er nu op zijn programma staan? Zou ze gewoon weg kunnen lopen om iemand te bellen, of er met Anouk vandoor kunnen gaan? Nee, ze moet voorkomen dat ze zijn agressie opwekt. Haar huis ligt net iets te afgelegen om de gok te wagen. In haar eentje zou ze het wel hebben geprobeerd, maar niet met een ziek kind.

Haar enige kans is iemand bellen. Haar mobiel ligt op het dressoir, ze hoeft alleen maar 112 in te toetsen.

Haar rug komt langzaam los van de muur en onmiddellijk posteert de man zich voor haar.

'Blijf staan.'

Het klinkt heel rustig, maar daardoor des te dreigender. Lisa verroert zich niet.

De man gooit het lege pak melk op het aanrecht en kijkt door de openstaande deur de woonkamer in. Vanaf de bank kijkt Anouk met verschrikte ogen terug. Ze is geen kind dat het erg op vreemden heeft, maar ook tegenover bekenden die ze een tijdlang niet heeft gezien kan ze zich erg verlegen gedragen. Het is regelmatig voorgekomen dat ze een uur in de gang bleef staan omdat ze op verjaardagsfeestjes de drukke woonkamer niet binnen durfde te gaan. Pas als niemand naar haar keek, sloop Anouk naar binnen en verdween haar timide houding langzaam maar zeker.

Nu zit ze in haar paarse flanellen Dora-pyjama en staart naar de wildvreemde kerel in de deuropening. Haar ogen schieten paniekerig naar haar moeder en haar lip begint te trillen.

'Mama?'

Met een vlugge beweging dringt Lisa langs de man heen en vormt met haar lichaam een buffer tussen de ongenode gast en haar dochter. Als hij Anouk iets wil aandoen, zal hij er eerst langs moeten. Dat zal hem misschien niet veel moeite kosten, maar iedere tel dat ze hem in de keuken kan houden is er een.

'Stil maar, lieverd,' roept ze Anouk geruststellend toe.

'Wie is dat?' vraagt het kind angstig.

'Deze meneer had erge honger. Ik heb iets te eten voor hem gemaakt.'

'Maar wie ís het?' herhaalt Anouk met de koppige volharding die kinderen van haar leeftijd eigen is.

Het antwoord blijft steken in Lisa's keel. De man duwt haar opzij en laat zijn ogen door de geschakelde eet- en zitkamer dwalen. Het lijkt alsof hij ook niet goed weet hoe het verder moet. Misschien is hij wel niet helemaal goed bij zijn hoofd.

Maar dan laat hij zijn ogen op Lisa rusten en verschijnt er iets berekenends in zijn ogen.

'Naar binnen,' zegt hij kortaf.

2

Diep in haar hart had ze gehoopt dat hij zou vertrekken als zijn maag gevuld was. In plaats daarvan loopt hij rond in haar huis, pakt foto's op, trekt laatjes open en kijkt in haar kasten. Dat moet dan maar, desnoods neemt hij de hele inboedel mee, als hij Anouk en haar maar met rust laat.

'Je hebt een mooi huis.'

'Dank je.' Het klinkt stupide, alsof hij een kennis is die een beleefdheidsbezoekje aflegt in plaats van een ongure indringer, maar het is het enige wat ze kan bedenken. Niet provoceren, vooral niet provoceren. Rustig afwachten wat zijn volgende stap zal zijn en voortdurend tussen Anouk en hem in blijven staan.

Goddank zit Anouk rustig op de bank, haar knuffelaap tegen zich aan, alsof ze voelt dat het beter is om zich zo onzichtbaar mogelijk te maken.

'Mooie spullen ook.' Zijn hand glijdt over een antiek kastje, hij werpt er een blik in en tikt met zijn nagel tegen de rand van een kristallen wijnglas. Lisa schuifelt achteruit naar de keuken en wenkt onopvallend Anouk, maar voor die van de bank kan glijden, staat de man al in de zitkamer.

Hij loopt om de salontafel heen, zijn ogen gevestigd op het grote, veelkleurige schilderij boven de bank. Het is een werk dat Menno heeft gemaakt in het jaar dat ze elkaar hebben leren kennen, en het is Lisa dierbaar op een manier die ze niet in woorden kan uitdrukken.

'Kunst,' zegt de man, op een toon alsof hij een vliegende schotel signaleert.

Moet ze iets zeggen of is het beter om te zwijgen? Omdat ze haar stem niet vertrouwt, kiest Lisa voor het laatste.

De blik van de man glijdt omlaag naar Anouk. Onverwacht buigt hij zich naar voren en steekt zijn hand naar haar uit. Op het moment dat Lisa een onbeheerste stap naar voren doet, begint Anouk met haar voeten te trappelen en te gillen.

Er verschijnt iets wilds in de ogen van de man. 'Hou op! Stil! Ophouden!'

In plaats daarvan begint Anouk te huilen en holt naar haar moeder toe. Lisa probeert haar met geruststellende woordjes te kalmeren, al kan ze niet voorkomen dat haar eigen knieën knikken. Als er één gelegenheid is om ervandoor te gaan, dan is het deze.

Zonder de man uit het oog te verliezen, bevrijdt ze zich zo rustig mogelijk van de knellende armpjes van haar dochter. En dan vlucht ze.

Met Anouk aan de hand rent ze naar de keuken, naar buiten, de tuin in. Net als ze denkt dat ze een kans maken, wordt ze bij haar haren gegrepen en tegen de grond geschopt. 'Rennen, Anouk! Ga naar buurvrouw Roos!' gilt ze.

Een eindje verderop blijft Anouk onzeker staan. Buurvrouw

Roos woont een heel eind verderop, waar ze normaal gesproken niet mag komen. Haar gezicht is één groot vraagteken, gevormd door de verwarring en onwil om haar moeder achter te laten.

Ruw trekt de man Lisa mee terug de keuken in en werpt Anouk een dreigende blik toe.

'Staan blijven!'

'Mama!' Anouks stem klinkt huilerig.

'Wegwezen, Anouk! Ren zo hard je kan!' schreeuwt Lisa voor ze de keuken in verdwijnt.

Geknerp van Anouks rennende voetjes op het grindpad. Even is Lisa opgelucht, dan ziet ze een vuist op haar gezicht afkomen. Het plafond en de keukenvloer wisselen van plaats, te midden van een explosie van pijn. De keukenvloer is hard, maar dat duurt maar even. Wat volgt is een genadig zachte duisternis.

Als Lisa bijkomt, ligt ze op de bank en hoort ze het journaal op televisie. Een zacht gejammer bereikt haar oor. 'Mama, mama, wakker worden. Je neus bloedt, mama.' Met de mouw van haar pyjama veegt Anouk zachtjes het bloed van haar moeders gezicht.

Geen plekje op haar gezicht is zonder pijn, maar ze is meteen alert. 'Waar is hij?' fluistert ze.

Anouk knikt in de richting van de keuken. 'Hij heeft alle deuren en ramen op slot gedaan,' zegt ze met een beverig stemmetje. 'En hij heeft de messen uit de keuken gepakt.'

'Die aan de muur?'

'En de gewone messen waar we mee eten.'

Met een zacht gekreun sluit Lisa haar ogen. Het ziet ernaar uit dat die schoft voorbereidingen aan het treffen is voor een langer verblijf. Ze moeten hier weg, maar hoe kom je een huis uit waarvan alle deuren en ramen op slot zitten?

Haar ogen zoeken die van haar dochter. 'En boven? Is hij ook boven geweest?'

'Overal. Hij rende heen en weer.'

Zo te merken heeft hij zijn tijd nuttig besteed terwijl zij bewusteloos was. Dat is geen goed teken. Waar is de draagbare telefoon? De standaard is leeg.

'Pak mijn mobieltje. Dat ligt op het dressoir,' zegt ze zacht.

Een kort hoofdschudden van Anouk ontneemt haar die hoop.

'Hij heeft het in zijn zak gestopt. En de gewone telefoon ook.'

Verslagen laat Lisa zich terugzakken op de bank en probeert na te denken, gebruik te maken van het feit dat die vent niet weet dat ze bijgekomen is en dus een nieuwe ontsnappingspoging kan wagen.

De garage. Als ze in de garage kunnen komen, zijn ze gered. Haar auto staat daar, met de sleutels in het contact. De ingang naar de garage zit in de bijkeuken en die kan niet op slot. Ze is al heel lang de sleutel kwijt en heeft nooit de moeite genomen er een ander slot op te zetten. Als die kerel de keuken uit gaat, kunnen ze naar de garage sluipen.

'Anouk,' fluistert ze.

Meteen komt Anouks gezicht zo dichtbij dat hun neuzen elkaar raken. 'Ja?' fluistert ze terug.

'Ik ga doen alsof ik weer bewusteloos ben, dan laat hij ons met rust. Dus je moet niet laten merken dat ik wakker ben, oké?'

'Oké,' fluistert Anouk.

'Als hij uit de keuken weg is, moet je me heel zachtjes waarschuwen, goed?'

'Goed.'

Lisa sluit haar ogen.

'Mama?'

'Sst.'

Doodstil zit Anouk naast haar moeder op de bank en Lisa kan haar ontroering nauwelijks de baas. Haar lieve, grote, kleine, moedige dochter. Wat een enorme hufter moet je zijn om een kind dit aan te doen. Wat er ook gebeurt, ze zal er persoonlijk voor zorgen dat hij Anouk niets aandoet, al moet ze zijn ogen uitkrabben.

Er klinken voetstappen op het parket. Hij is terug. Een paar seconden gebeurt er niets, waarschijnlijk kijkt hij naar haar. De ragfijne openingen van haar wimpers onthullen zijn gestalte maar meer ook niet. Hoe is zijn gezichtsuitdrukking? Wat is hij van plan? Anouks ruggetje tegen haar buik is vertrouwd en warm, maar maakt tegelijkertijd al haar beschermdriften en een enorme kwetsbaarheid in haar los. Dan gaan de voetstappen verder, naar het eetgedeelte, de hal. Ze voelt dat Anouk zich een kwartslag omdraait.

'Mama, hij is weg.'

In de hal gaat de deur van het toilet open en even later klinkt een klaterend geluid in de wc-pot. Voorzichtig komt Lisa overeind en zet haar voeten op de grond.

'Snel,' zegt ze op gedempte toon.

3

Van snelheid kan geen sprake zijn. Zodra Lisa overeind komt, is het alsof de muren om haar heen wankelen. Haar hand zoekt Anouks schouder, en het kind kijkt bezorgd naar haar op.

'Het gaat wel weer. Kom, snel naar de auto.'

Onhoorbaar, maar zo snel als ze kunnen, lopen ze op hun tenen naar de keuken. In de hal trekt de man de wc door.

Lisa neemt haar dochter aan de hand mee naar de bijkeuken en opent de deur. In de garage is het halfdonker, maar ze durft het licht niet aan te doen. Een enkel gebaar is voor Anouk genoeg om in de auto te gaan zitten, en intussen zoekt Lisa op de tast naar de greep van de garagedeur. Piepend en knarsend komt de deur in beweging en na nog een zetje schuift hij soepel maar met veel lawaai verder open. Zonlicht en frisse lucht stromen binnen. Dan verschijnt er een paar schoenen in haar blikveld, een versleten spijkerbroek, een hand met een groot mes.

Het is maar een paar stappen naar haar auto. Met een ruk draait Lisa zich om en rent ernaartoe. Ze trekt het portier open, laat zich op haar plaats vallen en ziet in één oogopslag dat de sleutel niet meer in het contact zit. Met een vloek springt ze de auto weer uit. Het is alsof de aanwezigheid van de man in één keer alle ruimte en zuurstof wegneemt.

'Mama!'

'Eruit, eruit!' schreeuwt Lisa en ze rent naar de werkbank achter in de garage. Ze verwacht ieder moment vastgegrepen te worden, maar het enige wat ze hoort is het geraas van de deur en de terugkerende duisternis in de garage. Met blinde haast zoeken haar handen de werkbank af. Ze vindt een gereedschapsbak, graait erin rond en voelt het zware gewicht van een hamer. Een prima wapen. Met een ruk draait ze zich om, speurend naar zowel de man als haar dochter, maar ze ziet geen van beiden in het donker.

'Anouk!'

Opeens floepen de tl-buizen aan, ze knipperen aarzelend, en werpen dan vastberaden een hel schijnsel de garage in. De man staat links van haar auto, waarin Anouk snel naar de andere zitplaats schuift en tevergeefs aan het kinderslot morrelt.

Het is secondewerk, Lisa opent het rechterportier in een reflex en houdt met dezelfde razendsnelle daadkracht de hamer dreigend omhoog.

'Kom bij ons in de buurt en ik sla je dood, ik zweer het!' roept ze met overslaande stem.

De man loopt om de voorkant van de auto heen en dwingt Lisa en Anouk zo naar achteren, naar het donkerste gedeelte van de garage die geen enkele ontsnappingsmogelijkheid biedt.

Lisa houdt Anouk achter zich en haalt met de hamer uit als hun belager dichterbij komt.

'Laat vallen, klerewijf!' De man houdt het mes voor zich uit en doet een uitval naar Lisa.

De hamer suist naar beneden en een schreeuw kondigt aan dat het raak was, maar als Lisa opnieuw de aanval inzet, voelt ze opeens een steek in haar hand. Warm vocht doordrenkt de mouw van haar truitje en ze realiseert zich vol angst en ongeloof dat het bloed is. Het volgende moment omklemt een grote hand met kracht haar arm en draait hem op haar rug, zodat ze de hamer moet laten vallen.

Voor ze het weet ligt Lisa op de koude betonnen vloer en drukt hij het mes tegen haar keel. Achter zich hoort ze Anouk roepen, maar zelf wordt ze merkwaardig rustig. Het dringt tot haar door dat ze niet tegen haar belager is opgewassen. Met een ziek kind en een gewonde hand is ze dubbel gehandicapt en als ze zich nog langer verzet, brengt ze niet alleen haar eigen leven maar ook dat van Anouk in gevaar.

Haar ogen zoeken die van haar aanvaller en ze dwingt zichzelf hem te blijven aankijken.

'Alsjeblieft, niet doen,' brengt ze moeizaam uit. 'Ik zal doen wat je wil, maar vermoord ons niet.'

Hij hangt vlak boven haar, hijgend van inspanning, met een bijna hysterische blik in zijn ogen. Het mes drukt pijnlijk scherp op haar huid.

'Alsjeblieft,' fluistert Lisa. 'Het spijt me.'

'Bek dicht! Staan!' De man trekt Lisa overeind en sleurt haar mee de garage uit. Anouk loopt op een holletje mee, als een angstig hertje dat in de buurt van haar moeder wil blijven. Kermend van pijn laat Lisa zich de bijkeuken in duwen, de keuken door, terug naar de woonkamer, waar ze op de bank wordt geworpen. Bloed druppelt op de parketvloer.

Anouk kruipt tegen haar aan en Lisa slaat een arm om haar heen. Als bij afspraak kijken ze niet op maar houden ze hun blik gericht op het bloed dat op de grond druppelt. De man posteert zich voor hen met zijn handen in zijn zij. Zo blijft hij enige tijd naar hen staan kijken, tot Anouk zachtjes begint te huilen. Hij laat zich op de rand van de tafel zakken, het bebloede mes nog in zijn hand.

'Zo,' zegt hij kalm. 'Nu gaan we even een paar afspraken maken.'

Op dat moment wordt op televisie de programmering onderbroken voor een opsporingsbericht.

4

ONTSNAPTE TBS'ER PLEEGT MOORD!

Voor de derde keer in korte tijd is een gevaarlijke tbs'er ontsnapt. Het gebeurde afgelopen zondagmiddag, toen de man met proefverlof was.

Het gaat om de 43-jarige Mick Kreuger, die in 2005 veroordeeld werd voor een roofoverval waarbij hij zwaar lichamelijk geweld gebruikte. Zijn ontsnapping heeft al tot één dodelijk slachtoffer geleid. De politie heeft een groot onderzoek geopend, maar heeft tot nu toe geen aanwijzingen over de verblijfplaats van de verdachte.

Ze kijken alle drie naar het bericht, Anouk met grote ogen die van het televisiescherm naar de man gaan, Lisa met een duizelig gevoel in haar hoofd. Ze vergelijkt de foto op televisie met de indringer hier, en een zwarte wolk van ellende daalt over haar neer. Dit gebeurt niet echt. Niet met haar, in haar eigen huis. Haar ademhaling gaat sneller en haar mond is droog, maar verder weet ze grip te houden op haar emoties.

Mick Kreuger laat zich op de bank zakken en kijkt met gespannen aandacht naar het opsporingsbericht. Als het programma wordt hervat, zapt hij langs de kanalen naar andere nieuwsberichten. Op RTL4 is een extra journaaluitzending over het dodelijke slachtoffer, dat vanochtend vroeg in een tankstation met een zwaar voorwerp op zijn hoofd werd geslagen. Volgens een getuige voldeed de dader aan het signalement van Mick Kreuger.

Het televisiescherm wordt gevuld met een foto van een lange, magere man met zwart, gemillimeterd haar en donkere ogen die zonder enige emotie voor zich uit kijken.

Lisa voelt haar ledematen een voor een koud worden, tot haar vingertoppen toe. Haar hand bonst pijnlijk en bloedt nog steeds. Ze heeft haar sok uitgedaan om de wond te verbinden, maar ze weet dat ze eigenlijk een drukverband nodig heeft. Ze drukt met haar duim en vingers de wond zo goed mogelijk dicht en houdt haar hand omhoog.

Intussen beraadt ze zich wat te doen. Nu ze zo mak als een lammetje op de bank zitten, besteedt Mick Kreuger nauwelijks aandacht aan hen en dat moet ze zo zien te houden.

Ze heeft ooit een tv-programma gezien over gewapende overvallen, en de misdaadpsychologe die werd geraadpleegd, raadde de kijkers aan te allen tijde mee te werken als ze ooit bedreigd werden. De aanvaller is net zo gespannen en zenuwachtig als jij, en een kat in het nauw maakt rare sprongen. Als je niet in de positie bent om je te verzetten, kun je je beter passief opstellen om de situatie niet nog erger uit de hand te laten lopen.

Lisa vraagt zich af of die misdaadpsychologe uit eigen ervaring sprak of dat ze puur theoretische kennis uit een van haar handboeken had gehaald, maar ze ziet het nut van het advies wel in.

Ze werpt een voorzichtige blik op Kreuger. Hij zit op de andere bank, zijn lijf strak van de spanning, en opeens springt hij op en begint zo verschrikkelijk te vloeken dat Lisa ineenkrimpt van schrik.

Kreuger beent opgefokt met het mes in zijn hand door de kamer. Lisa begrijpt niet waar ze de moed vandaan heeft gehaald om een ontsnappingspoging te wagen. Hij had hen zonder bedenkingen de keel kunnen doorsnijden. Dat kan hij nog steeds doen. Het is opvallend dat hij al die tijd nauwelijks iets gezegd heeft. Zou hij gestoord zijn?

Ze kan het beste zo rustig mogelijk blijven zitten en wachten tot er hulp komt. Die vent is een ontsnapte crimineel die tijdens zijn vlucht sporen moet hebben achtergelaten. Grote kans dat de politie zo voor de deur staat. Tot die tijd staat haar maar één ding te doen: zorgen dat Anouk en zij in leven blijven.

Ze legt haar hand op haar dochters voorhoofd; ze voelt warm. Warmer dan vanochtend. Een blik op de klok vertelt haar dat het even over vieren is. Nog geen tijd voor Anouks penicillinekuur, maar een pufje Ventolin kan ze wel gebruiken. Alleen ligt de inhalator nog boven.

Kreuger zit nu op het randje van de bank en staart met een lege blik voor zich uit. Het mes tikt met eentonige regelmaat op de palm van zijn hand.

Een hartverscheurende hoestbui van Anouk verbreekt de stilte en Lisa klopt op haar rug tot de benauwdheid afneemt.

'Wat mankeert haar?' Het is voor het eerst dat Kreuger haar niet dreigend toespreekt, al staat zijn gezicht nog even onvriendelijk.

'Ze heeft astmatische bronchitis,' zegt Lisa zo rustig mogelijk.

'Moet je haar daar niet iets tegen geven?'

'Ze krijgt drie keer per dag penicilline. Om zes uur is het weer tijd. Nu zou ze wel wat Ventolin kunnen gebruiken, maar dat ligt boven.'

Er valt een stilte, waarin Kreuger haar met toegeknepen ogen observeert. 'Ga het maar halen.'

Dankbaarheid spoelt door Lisa heen en haar stem klinkt hoorbaar opgelucht als ze zich tot haar dochtertje wendt.

'Mama gaat even je Ventolin halen. Ik ben zo terug.'

De blik die Anouk op Kreuger werpt, toont heel wat minder vertrouwen.

'Hij zal je niets doen,' zegt Lisa zacht. 'Echt, ik ben zo terug.'

Anouks ogen smeken haar te blijven, maar een nieuwe hoestbui verhindert haar te protesteren.

Zo vlug ze kan gaat Lisa de trap op, naar Anouks slaapkamer. Er is een telefoon in de slaapkamer, maar een diepverborgen intuïtie vertelt haar dat ze op de proef wordt gesteld. Dat zodra ze het toestel van de houder zal nemen, Kreuger Anouk daar voor zal laten boeten. Waarschijnlijk heeft hij op dit moment de telefoon beneden in zijn hand en wacht hij op de waarschuwende klik.

Ze kan niet naar de slaapkamer gaan en bellen, ze kan niet eens op zoek gaan naar een wapen. Er ligt hier boven genoeg om zich mee te verdedigen: scharen, een zakmes, een losse plint met spijkers eraan, zware voorwerpen, van alles. Maar zolang Kreuger zich in de buurt van Anouk bevindt kan ze er niet mee de kamer in komen. Ze kan evenmin het risico lopen dat hij haar fouilleert.

Snel pakt Lisa de inhalator en de Ventolin van Anouks nachtkastje. Haar hand begint door al die bewegingen weer te bloeden. In de badkamer vindt ze een rol verband, watten en een tube Betadine in het medicijnkastje. Als ze zich omdraait, botst ze tegen Kreuger op.

Ze slaakt een gil. Hoewel hij een vrij smal postuur heeft, vult

Kreuger met zijn lengte de hele deuropening. Zijn aanwezigheid doet de badkamer opeens heel klein lijken. Lisa schuifelt achteruit, maar eindigt al snel tegen de muur.

Kreuger kijkt naar de spullen in haar handen. 'Wat heb je daar?'

'Ik wilde mijn hand verbinden. Hij blijft maar bloeden.'

Met een hoofdbeweging geeft Kreuger aan dat ze mee moet komen en Lisa gehoorzaamt. Hij knikt naar de slaapkamer, en na een korte aarzeling gaat Lisa naar binnen.

'Ga zitten.'

Er is geen stoel, hij kan alleen het bed bedoelen. Slecht op haar gemak neemt Lisa plaats op het randje. Kreuger laat zijn lange lichaam naast haar zakken. Dichtbij, veel te dichtbij.

Hij pakt haar hand, gooit de sok op de grond, smeert wat Betadine op haar hand en legt er een steriel gaasje op. Vervolgens doet hij er een pluk vette watten op en begint haar hand te verbinden. Het lijkt erop dat hij weet wat hij doet, want twee minuten later is haar hand professioneel verbonden.

'Dank je.' Lisa weet niet hoe ze moet kijken, onbehaaglijk met de intimiteit van het moment.

Kreuger geeft geen antwoord. Hij staat op en Lisa volgt automatisch.

Ze staan tegenover elkaar naast het grote bed waar ze zoveel gepassioneerde uren in heeft doorgebracht met Menno, en het zweet breekt Lisa uit. Als hij maar niet... Zie je wel, hij kijkt naar het bed. En naar haar. Ze moet proberen zijn gedachten af te leiden.

'Dat heb je beslist eerder gedaan. Je lijkt wel een arts.' Ze houdt haar verbonden hand omhoog.

'Ik heb een cursus EHBO gedaan,' klinkt het nors.

'Aha. Dat kan nooit kwaad.'

'Het is noodzakelijk als je kinderen krijgt. Ze kunnen stikken in hun speelgoed, in het water vallen of zich ergens aan openhalen.'

Lisa's knikje is goedkeurend. Hij heeft dus kinderen. Kinderen voor wie hij zich zo verantwoordelijk voelt dat hij er een EHBO-cursus voor heeft gevolgd.

'Mama!' klinkt Anouks klaaglijke stemmetje beneden.

Hun ogen ontmoeten elkaar, die van Lisa vragend, die van Kreuger geïrriteerd.

Desondanks knikt hij haar toe, en ze glimlacht even om uitdrukking te geven aan haar dankbaarheid. Zo is de situatie, dat ze toestemming moet vragen om in haar eigen huis naar beneden te gaan en dat ze daar dankbaar voor moet zijn, bedenkt ze terwijl ze de trap afloopt.

Kreugers voetstappen zijn vlak achter haar.

'Ik heb dorst!' zegt Anouk zwakjes zodra ze de woonkamer binnenkomen.

'Ik zal water voor je pakken,'

In de keuken houdt ze een glas onder de kraan en doet alsof ze niet merkt dat Kreuger haar vanuit de woonkamer in de gaten houdt. Als ze met het glas water in de hand naar Anouk loopt, negeert Lisa hem. Ze laat haar dochter drinken en zet daarna de inhalator aan haar mond. Eén druk op het knopje en de Ventolin stroomt Anouks luchtwegen in.

Kreuger slaat hen zonder iets te zeggen gade.

Het korte intieme moment boven heeft Lisa een beetje meer zelfvertrouwen gegeven. Als hij van plan was hen te vermoorden, had hij dat allang gedaan.

Net als ze zich afvraagt hoe het verder moet, wordt de rust in huis verstoord door het schrille geluid van de bel.

5

Al ruim een halfuur heeft ze het ontkend, maar nu kan ze het onbehagelijke gevoel dat ze verdwaald is niet langer onderdrukken. Het heeft geen enkele zin om nog langer zomaar rond te rijden. Met een zucht buigt Senta zich naar het dashboardkastje toe, klikt het open en haalt de wegenkaart eruit. Niet dat ze verwacht er veel aan te hebben, want ze heeft geen idee waar ze zit. Maar misschien kan ze herleiden waar het is misgegaan, en dan dezelfde weg terugrijden.

Uitgespreid neemt de kaart een groot deel van het stuur en dashboard in beslag. Mistroostig kijkt ze erop neer. Ze heeft dat ding niet nodig, ze heeft al zo'n vermoeden waar het is misgegaan: bij het kruispunt waar ze richting Appeltern had gemoeten. Waarschijnlijk had ze een afslag verder moeten nemen. De snel opkomende mist ontnam haar het zicht op de verkeersborden, maar ze dacht wel te weten welke kant ze op moest. Deze dagen wisselt het herfstweer enorm, het ene moment is het prachtig zonnig, het andere moment regent het of is het mistig.

Nu is ze gestrand op een hobbelig karrenspoor dat naar een onduidelijke bestemming leidt. Senta zet haar groot licht aan. Het felle schijnsel heeft moeite om door de golvende mistflarden heen te dringen en het bevestigt alleen wat ze al weet; dat ze met haar auto op een hobbelig karrenspoor staat.

Senta haalt diep adem. Wat nu, omdraaien en terugkeren naar het kruispunt, of doorrijden in de hoop dat ze uiteindelijk op een verharde weg belandt? Met een druk op de knop zoeft het raampje open zodat ze haar hoofd naar buiten kan steken. Wantrouwig kijkt ze om zich heen. Kán ze hier wel keren? Voor hetzelfde geld bevindt zich aan beide kanten een sloot. Voor uitstappen voelt ze weinig. God mag weten waar ze staat. Doorrijden dan maar. Zelfs karrensporen komen ergens op uit.

Voorzichtig rijdt Senta door. De weg wordt steeds slechter, met diepe kuilen waar de wielen beurtelings in verdwijnen. De hele omgeving is benauwend grijs en leeg, alsof ze het einde van de wereld nadert. Na ongeveer vijf minuten zo doorgehobbeld te hebben, hoort ze ergens rechts van haar een klaaglijk geluid uit de grijze massa komen. Het is het geblaat van een schaap, dat links en rechts langzaam overgenomen wordt door andere schapen.

Rijdt ze soms dwars door een weiland?

Als dat zo is kan ze er toch niets aan veranderen en dus geeft ze voorzichtig gas en rijdt verder. Vanavond, als ze veilig thuis op de bank zit, zal ze kunnen lachen om dit avontuur. Haar drie kinderen zullen zich bescheuren om hun moeder, en Freek zal met een vermoeide blik een opmerking maken over vrouwen achter het stuur.

Misschien kan ze het toch maar beter voor zich houden.

Opeens krijgen de wielen van haar Peugeot weer grip op de

grond. Het gehobbel houdt op, de weg is weer verhard.

Senta opent het portier. Onder zich ziet ze een stenige bodem en als ze voor zich uit tuurt, kan ze in de verte de contouren van een huis onderscheiden. Waarschijnlijk bevindt ze zich nu op privéterrein, maar niemand zal het haar kwalijk nemen met dit weer. Dat hoopt ze tenminste.

Ze volgt het weggetje, dat om het huis heen draait en via de omhoog hellende opgang naar een dijk leidt. Een dot gas erbij tot ze boven is, en dan remt ze.

En nu? Haar gevoel zegt naar rechts, maar ze heeft al eerder de vergissing gemaakt op haar gevoel te vertrouwen. Na een korte aarzeling besluit ze de weg te vragen bij het huis dat ze net gepasseerd is. In een helder ogenblik denkt ze eraan het alarmlicht aan te zetten, dan stapt ze uit, sluit de auto af en loopt de steile weg naar beneden af.

Het huis ligt er stil en verlaten bij. Mistflarden golven over het schuine dak en omhullen de bloempotten en buxushaagjes in de voortuin.

Het grind knarst onder haar voeten op weg naar de voordeur en even later trekt ze aan de bel. Een ouderwets aandoend getingel vult de ruimte erachter.

Er komt geen reactie. De tweede keer houdt ze haar oor bij de deur, maar als het belletje is weggestorven klinkt er geen enkel geluid binnen. Waarschijnlijk is er niemand thuis, maar het is lastig om dat door het matglas in de voordeur te bepalen. Rechts van haar is een uitbouw met een garagedeur, dus ze zal om het huis heen moeten lopen. Dat lijkt haar wat brutaal, maar de kans dat ze straks nog erger verdwaalt, maakt korte metten met haar gevoel voor decorum.

Vastbesloten loopt ze langs de uitgebouwde garage naar de achterkant van het huis. In de tuin staat een droogmolen. Het wasgoed, een paar shirtjes en een nachthemd, hangt roerloos in de nevel. Op de grond ligt een laken, omringd door knijpers.

De wasmand, die waarschijnlijk op het gietijzeren bijzettafeltje heeft gestaan, ligt een eindje verderop in het gras.

Het is alsof iemand met zijn vingertoppen over haar ruggengraat strijkt. De dichte mist in combinatie met het treurig neerhangende wasgoed en de doodse stilte om haar heen grijpen haar bij de keel.

Ze werpt een blik door het keukenraam. Niemand. Nu voelt ze toch wel enige schroom. Ze kan toch moeilijk proberen of de deur open is, of op de ramen gaan staan kloppen?

Dit is idioot, ze gaat terug. Die dijk komt waarschijnlijk in een of ander dorp uit, welke richting ze ook kiest.

Vanaf de plek waar ze staat rekt ze nog even haar hals en ze doet één stapje opzij om door het grote raam van de huiskamer te kijken. Ze schrikt als ze iemand op de bank ziet zitten. Het is een jonge vrouw die haar recht aankijkt. Zelfs van deze afstand ziet Senta hoe bleek ze ziet, en hoe onnatuurlijk en gespannen haar houding is.

Met een geruststellend handgebaar en een glimlach probeert Senta duidelijk te maken dat ze geen kwade bedoelingen heeft. Die arme vrouw is zich natuurlijk doodgeschrokken toen zij opeens uit de mist tevoorschijn kwam. Met vragend opgetrokken wenkbrauwen knikt ze naar de keukendeur, maar de vrouw verroert zich niet. Ze zit naast een klein meisje dat onder een deken op de bank ligt. Een paar seconden lang houdt haar blik die van Senta vast, dan brengt ze langzaam haar hand omhoog en strijkt haar blonde haar uit haar gezicht. Vervolgens dwalen haar ogen af naar een punt in de woonkamer.

Iets in haar houding doet alarmbellen in Senta's hoofd rinkelen. Misschien is het de starre uitdrukking op het gezicht van de vrouw, of anders het verband om haar hand waar een rode vlek doorheen schemert. Een alarmsein begint te knipperen. Nu geen stap meer verzetten.

Ze zet die stap toch. Een heel kleintje, niet naar de keukendeur maar naar het raam van de woonkamer. Het gordijn ontneemt haar het zicht op de kamer, maar het huis is rondom voorzien van grote raampartijen die bij mooi weer veel licht zullen binnenlaten. Achter de bank waar de vrouw zit, bevindt zich eveneens een groot raam, dat de rest van de kamer weerspiegelt.

In het midden staat een man. Hij heeft een waakzame uitdrukking op zijn gezicht en staat erbij als een roofdier dat ieder moment zijn prooi kan bespringen. In zijn rechterhand ziet ze een groot mes.

In een reflex doet Senta een stap naar achteren. De man weet niet dat zij hier staat, waarschijnlijk gaat hij ervan uit dat ze nog voor de deur staat te wachten. Alleen de vrouw heeft haar gezien, maar die maakt niet de fout om haar blik nogmaals naar buiten te laten dwalen.

Heel voorzichtig, voetje voor voetje, trekt Senta zich terug, dolblij dat ze niet op de keukendeur heeft geklopt of, erger nog, naar binnen is gegaan.

Met angstig kloppend hart rent ze om de garage heen, terug naar de voorkant van het huis. Als ze het kiezelpaadje afrent, houdt ze in en dwingt zichzelf gewoon te lopen, als iemand die het aanbellen heeft opgegeven en weggaat.

Tot aan het weggetje dat naar de dijk voert verwacht ze ieder moment dat de man achter haar aan komt. Ze onderdrukt de neiging om over haar schouder te kijken en houdt er stevig de pas in tot ze bij haar auto is. Dan pas kijkt ze om. Het huis ligt er rustig bij, opgeslokt door de mist. Het wasgoed beweegt traag in een vlaagje wind.

Zo snel mogelijk stapt Senta in haar auto. Ze doet haar gordel om en start de motor. Even aarzelt ze, haar mobieltje al in de hand om te bellen, maar ze ziet er toch van af. Wegwezen, ze heeft geen seconde te verliezen.

Nerveus geeft ze gas, draait per ongeluk het stuur naar rechts en rijdt bijna de helling van de dijk af. Met een gefrustreerde verwensing corrigeert ze die manoeuvre.

Zo gespannen als een snaar rijdt ze over de dijk. Het liefst zou ze het gaspedaal flink intrappen, maar dat is onverantwoord. Ze rijdt nu al harder dan verstandig is, en de flauwe bochten doemen iedere keer totaal onverwacht voor haar op. Maar opeens lijkt de mist weg te trekken. Ze kan een heel stuk weg voor haar zien liggen, en zelfs de lijnen op het wegdek.

Senta geeft meteen gas. Er is geen tijd te verliezen. Ze heeft geen idee wat daar binnen aan de hand was, misschien is die man de gewelddadige echtgenoot van de vrouw, maar het kan net zo goed een insluiper zijn. Hoe dan ook, die vrouw en het kind hebben hulp nodig.

Ze grist haar mobiele telefoon van de stoel naast haar en toetst het alarmnummer in. Terwijl de telefoon overgaat, blijft ze stevig doorrijden. Normaal gesproken zou ze haar snelheid aangepast hebben, maar haar voet op het gaspedaal lijkt een eigen leven te leiden. Ach, ze kan het zich veroorloven, er is geen kip op de weg en het zicht wordt al wat beter.

Op dat moment ziet ze in een bocht de berm op haar afkomen. Haastig corrigeert ze het stuur, waarbij ze een flinke schuiver naar links maakt. Het mobieltje valt en belandt tussen haar voeten. Senta gooit het stuur naar rechts en wil afremmen, maar de telefoon is onder haar rempedaal beland. Wanhopig probeert ze hem met haar andere voet eronder vandaan te schoppen, terwijl ze met een groeiend paniekgevoel pogingen doet haar stuur recht te houden.

Te hard, ze gaat veel te hard! Er doemt een nieuwe bocht op. De remmen krijsen maar ze voelt dat ze het niet gaat halen. De stank van verbrand rubber dringt tot haar door, ze hoort zichzelf schreeuwen en riet slaat tegen de motorkap. Dan schiet ze de dijk af, een grauwe wereld in waar lucht en water niet van elkaar te onderscheiden zijn.

6

Het eerste wat ze beseft is dat ze geen water ziet, alhoewel het er toch moet zijn. Slechts een paar seconden later klinkt een enorme plons. De klap doet haar hoofd op het stuur belanden. Het wordt zwart voor haar ogen maar door het klotsende water om haar enkels komt ze snel bij. Versuft opent Senta haar ogen en brengt haar hand naar haar voorhoofd. Lichtflitsen van pijn schieten langs haar netvlies en boren zich in haar hoofd.

De kou trekt langzaam via haar benen op. Aan de onderkant van het portier ziet ze het water naar binnen stromen.

Op slag is de versuffing verdwenen. De komende minuten trekken versneld aan haar voorbij, minuten waarin ze onder water vecht met een portier dat niet opengaat, naar adem snakt en verdrinkt.

In wilde paniek kijkt ze om zich heen.

Buiten haar auto kabbelt grijs water. Verlamd van angst omknelt Senta het stuur. Haar lichaam en geest vallen compleet stil. Roerloos zit ze op haar stoel, alsof dat de angstaanjagende situatie waarin ze zich bevindt op afstand kan houden.

Dan klotst het water om haar knieën en doet de optrekkende kou een enorme, bevrijdende schreeuw uit haar keel opwellen. Het pantser van verstarring barst open en opeens vindt ze de daadkracht om het licht in de auto aan te knippen en met trillende handen naar de sluiting van haar gordel te zoeken.

Sommige mensen beweren dat je moet wachten tot de auto is volgelopen met water omdat er dan een grote luchtbel ontstaat. Dat is onzin. Er ontstaat niet altijd een luchtbel en het stomste wat je kan doen is wachten tot je portieren niet meer open kunnen en de elektrische ramen niet meer werken. Als je met je auto het water in rijdt heb je ongeveer tien seconden voor die onder water verdwijnt, tien seconden waarin je de ramen kunt openen, tien levensreddende seconden om te maken dat je wegkomt. Met behulp van een *life hammer* kun je de gordels doorsnijden of het raam inslaan.

Helaas heeft ze geen life hammer.

In blinde paniek ontdoet Senta zich van haar gordel waarna ze de greep van het portier vastpakt en het probeert te openen. Het lukt niet. Ze drukt als een bezetene op het knopje dat het raam moet laten openzoeven, maar het elektrische circuit werkt niet meer en het glas blijft onverbiddelijk tussen haar en de donkere buitenwereld zitten. De koplampen van haar auto, die enige tijd brede banen van licht door het grauwe water hebben getrokken, doven.

De snelste vluchtweg is via het zijraam, weet ze. Voorruiten zijn gelaagd, waardoor ze moeilijk stuk te trappen zijn. Ze draait een slag op haar stoel, leunt met haar rug tegen het portier, zet haar voeten tegen het zijraam van de passagiersplaats en probeert met alle kracht het raam eruit te duwen. Het water duwt terug. Ze kan simpelweg niet hard genoeg schoppen, haar naaldhakken glijden steeds weg van het raam. Ze verspilt kostbare seconden om ze uit te schoppen en het met haar in panty gestoken voeten te proberen.

Het water gulpt intussen over de stoelen, en voor ze het weet zit ze ermiddenin. Hijgend van angst schopt, trapt, beukt ze met haar voeten tegen het raam. Het glas is stevig.

Tegen beter weten in drukt ze nog een paar keer paniekerig de knop in, maar dat helpt haar niet verder. Troebel water stroomt over haar benen, stijgt tot haar borst. Huilend beukt ze tegen het raam. Haar spieren verstijven door de kou, haar krachten nemen langzaam af.

Het is merkwaardig wat er aan kennis bij je komt bovendrijven op een moment als dit. Een verdrinkingsproces duurt drie tot vijf minuten, waarvan anderhalve minuut bij bewustzijn. Anderhalve minuut, dat lijkt niet lang, tot dat moment steeds sneller dichterbij komt, en je beseft dat het negentig seconden van brandende longen en pure doodstrijd betekent. Op het moment dat je door je zuurstofreserve heen bent, stroomt er geen bloed meer naar je hersenen en raak je binnen tien seconden bewusteloos. Allemaal feitelijke kennis die ze heeft opgedaan door een stom krantenartikel.

Rillend en klappertandend ligt Senta in het water. Ze trekt haar voeten terug en gaat rechtop zitten. De auto zinkt, het water stroomt steeds sneller naar binnen. Het reikt naar haar kin en ze gaat op haar knieën zitten om zichzelf een paar seconden respijt te geven. Ze heeft nog een kleine kans. Haar geest functioneert helderder dan ooit.

Als de ramen van de auto niet meer opengaan, moet je wachten tot de wagen helemaal onder water is verdwenen. Daar hoeft ze niet lang meer op te wachten; ze moet steeds verder omhoog komen om adem te kunnen halen, en het moment komt dat haar gezicht het dak raakt. Dan golft het water over haar ogen en neus en heeft ze een laatste teug lucht ingeademd.

De auto raakt met een zachte bons de bodem van het kanaal. Het is opeens angstaanjagend stil en donker.

Senta beweegt zich op de tast naar het portier. Nu haar auto is gezonken en tot stilstand is gekomen, zou de druk moeten afnemen zodat ze de deur kan openen. Ze kan vrij lang haar adem inhouden, maar ze weet dat haar overlevingskans met iedere seconde afneemt. Haar hand vindt de greep van het portier en trekt eraan, terwijl ze met haar schouder de deur probeert open te duwen. Het lijkt erop dat ze het water verplaatst, het portier geeft iets mee. Met nieuwe moed duwt ze nog wat harder, maar door de inspanning ademt ze per ongeluk te veel uit door haar neus. Kostbare lucht verdwijnt uit haar longen. Ze voelt de benauwdheid aankomen, kloppend in haar keel.

Haar behoefte aan zuurstof wordt steeds groter en ze onderdrukt de impuls om haar mond te openen. Haar longen schreeuwen om lucht. In doodsangst beukt ze met haar lichaam tegen het portier. Het gaat een klein stukje open. Ze wringt haar arm erdoor en dan verplaatst het portier zich tergend langzaam opzij, alsof het door dikke stroop moet.

Naast haar duikt iets zwarts op. Ze wordt bij haar arm gegrepen en uit de auto getrokken. Een stevige greep om haar middel en samen gaan ze naar boven.

Het gaat langzaam, veel te langzaam. Met haar blik strak gericht op de lichtvlek boven haar hoofd, die kringelend op het wateroppervlak ligt, werkt Senta zich omhoog. Haar oren suizen en een gevoel van verstikking nestelt zich in haar luchtpijp. Nog een klein stukje. Haar redder zwemt met snelle slagen, veel sneller dan zij zelf had gekund. Maar ze heeft geen zuurstof meer in haar longen. Alles wat ze heeft is die laatste hap lucht en er verschijnen steeds grotere zwarte vlekken voor haar ogen.

Haar redder laat haar bijna ontglippen, maar hij hervindt zijn greep en trekt haar mee naar boven.

Haar lichaam verslapt, geeft de strijd op. De stevige greep om haar middel vertelt dat haar redder daar heel anders over denkt, maar haar hoofd zakt al naar beneden. Nog een paar seconden en ze moet haar mond opendoen, ze kan niet anders. Haar lippen, die ze al die tijd op elkaar geperst hield, beginnen te wijken. Ze weet dat dat het begin van het einde is, dat binnen enkele ogenblikken haar longen zullen vollopen met water.

Nog een paar seconden slaagt ze erin haar mond gesloten te houden, dan krijst haar geest het uit van zuurstofgebrek en lijkt haar hoofd te exploderen.

Met haar ogen wijd open ziet Senta het wateroppervlak boven haar hoofd dichterbij komen, maar het is te laat. Kleuren flitsen voor haar ogen, ze ziet sterretjes en dan valt haar lichaam in een donkere schacht. Een bevrijding.

7

Goddank dat hij die vrouw niet heeft gezien. De tijd die ze daar vol in het zicht op het terras stond, leek eindeloos te duren. Haar verbonden hand hield ze omhoog om de bloedtoevoer, en dus de pijn, te beperken, maar tegelijk om haar verwonding aan de vrouw te laten zien. Er kwam bloed door het verband heen, en ze zag de ogen van de vrouw groter worden toen ze dat ontdekte.

Heeft ze ook haar gesprongen lip gezien, en het mes waarmee Kreuger hen bedreigde? Heeft die vrouw goed begrepen wat zich hier afspeelde? Misschien wel, want het ene moment dook ze daar op en het volgende moment haastte ze zich weg. Dat laatste geeft Lisa hoop en maakt dat ze de pijn aan haar gezicht en haar hand wat beter kan verdragen. Even volhouden, er is hulp onderweg.

Vaag dringt Kreugers stem tot haar door als hij bezweert dat hij Anouk en haar geen kwaad wil doen. Alles wat hij nodig heeft is een plek waar hij zich een tijdje kan schuilhouden tot het veilig is om verder te gaan. Als ze meewerken, zal hun niets gebeuren.

Anouk leunt met koortsige ogen tegen Lisa aan en lijkt niet te begrijpen wat die vreemde man hier doet. Vanaf het moment dat ze haar moeder met een zorgzaam verbonden hand naar beneden heeft zien komen, lijkt ze wat minder angstig en Lisa laat dat graag zo.

'Hoe heten jullie eigenlijk?' vraagt Kreuger onverwacht.

'Ik heet Lisa, en dit is Anouk. Ze is vijf.' Haar stem klinkt een beetje hees, alsof er een griepje op komst is.

'En ze is ziek,' stelt Kreuger vast. 'Al lang?'

'Een dag of twee.'

'En toen heb je de school gebeld dat ze voorlopig niet kwam.'

Lisa knikt.

'Dus die zullen voorlopig geen contact opnemen.'

'Nee, maar het zou kunnen dat er een paar vriendinnetjes langskomen.'

'Die hou je buiten de deur.' Het klinkt als een bevel, en Lisa knikt. Wat dacht hij dan, dat ze die kinderen binnen zou vragen?

'Als iemand opbelt, neem je de telefoon op en je gedraagt je zoals je je altijd gedraagt. Je hangt niet meteen op, je maakt rustig een babbeltje en doet alles om te voorkomen dat iemand erachter komt dat je een onverwachte gast hebt.' Er trekt een grijns over zijn gezicht alsof hij een bijzonder spitsvondig grapje heeft gemaakt, en Lisa glimlacht plichtmatig.

'Terwijl jij belt of mensen te woord staat aan de deur, luister ik mee en houd ik je dochter gezelschap,' gaat Kreuger door, en Lisa's glimlach glijdt van haar gezicht. Hij werpt haar een doordringende blik toe om te controleren of ze hem goed heeft begrepen, en Lisa knikt.

'Hoe... hoe lang wil je hier blijven?' vraagt ze met haperende stem.

Kreugers blik glijdt naar het raam en krijgt een harde uitdrukking. 'Zolang als ik nodig heb. Ben je getrouwd?'

'Ja, mijn man komt om halfzes thuis.'

Het is niet duidelijk of hij haar antwoord heeft gehoord. Hij blijft uit het raam staren, maar na een tijdje loopt hij naar de buffetkast, waar een tiental foto's in zilveren fotolijstjes staan uitgestald. Voorzichtiger dan Lisa verwacht pakt hij ze een voor een op en bekijkt ze langdurig. Foto's van Anouk als baby, maar ook kleine zwart-witfoto's van haar eigen babytijd. Zonnige kiekjes van vakantiebestemmingen, van Menno en Lisa met de armen om elkaar heen, lachend en bruinverbrand. Herinneringen aan een gelukkige tijd, bezoedeld door de vingers van een indringer.

Lisa slaat haar ogen neer als Kreuger zich naar haar omdraait. Met een paar fotolijstjes in zijn hand loopt hij naar de bank en houdt ze in de lucht voor Anouk.

'Dat ben jij, hè?' Zijn glimlachje is vriendelijk.

Anouk beantwoordt het met een voorzichtig knikje, nog helemaal niet overtuigd dat deze man iemand is naar wie ze wil glimlachen.

'Met je papa?' Kreuger draait het fotolijstje om en kijkt belangstellend naar het fototje van Anouk, Lisa en Menno aan boord van een zeilschip.

'En met mama,' zegt Anouk.

'En waar is papa nu?'

Anouk kijkt hulpzoekend in Lisa's richting, die haar bloed voelt bevriezen omdat ze precies aanvoelt waar deze vragen naartoe gaan.

'Nou?' dringt Kreuger aan. 'Je weet toch wel waar je vader is? Zit hij op zijn werk?'

Anouk knikt voorzichtig, zonder haar ogen los te maken van die van haar moeder.

'En hoe laat komt hij meestal thuis?'

Stilte.

'Ik vroeg je wat!' schreeuwt Kreuger en Anouk begint verschrikt te huilen.

'Hij is weg,' zegt Lisa snel. 'Hij woont ergens anders, we zijn uit elkaar.'

Het heeft geen zin om eromheen te draaien, hij komt er toch wel achter. Er is geen mannenkleding meer in huis en er staan geen scheerspullen in het badkamerkastje. Op de foto's en de littekens op haar hart na heeft Menno geen sporen achtergelaten.

Kreuger beent naar haar toe en blijft vlak voor haar staan. Ze durft niet naar hem op te kijken.

'Net zei je dat je man om halfzes thuiskwam,' zegt hij met vreemd lage stem.

'Het... het spijt me. Ik dacht dat je dan voor die tijd weg zou gaan. Ik...'

Zijn arm maakt een snelle beweging en zijn vuist raakt haar neus. Het bloed spuit eruit. Anouk begint te gillen, Lisa slaakt een kreet en grijpt naar haar gezicht. Ze houdt haar hoofd tussen haar benen en drukt een kussentje dat op de bank ligt tegen haar neus in een poging de bloeding te stelpen.

'Kijk me aan,' beveelt Kreuger met ijzige stem.

Behoedzaam kijkt Lisa op, haar ogen gevuld met tranen van pijn.

'Lieg me geen tweede keer voor. Ik hou niet van leugenachtige wijven.' In Kreugers ogen ligt een dreigende glans. 'Als je precies doet wat ik zeg, overkomt jullie niets. Maar anders...'

'Oké,' zegt Lisa gesmoord. 'Ik zal doen wat je zegt. Echt waar, ik beloof het.'

Ze meent het. Ze weet niet hoe lang hij van plan is te blijven, maar hoe lang het ook is, ze houdt het heus wel vol. Ze heeft geen andere keus, ze moet er het beste van zien te maken. Zijn vertrouwen winnen, vriendjes worden.

Zou hij menen dat hij niet van plan is om hun iets aan te doen? Ze heeft zijn gezicht gezien en ze kent zijn naam. Misschien vermoordt hij hen wel als hij genoeg heeft van hun gezelschap.

Nee, spreekt ze zichzelf toe. Hij heeft gezegd dat hij dat niet zal doen en daar moet je op vertrouwen. Anders word je gek.

Gek zal ze niet zo snel worden, maar ze moet voorkomen dat ze haar zelfbeheersing verliest. Voor Anouk, maar ook voor zichzelf.

Langzaam strekt Lisa haar armen en benen om haar verstijfde spieren op te rekken en wat te ontspannen. Tegelijk concentreert ze zich op de taak die voor haar ligt: vriendjes worden met die gestoorde gek die met een mes in haar hand heeft gestoken en haar twee keer een bloedneus heeft geslagen. God mag weten waar hij nog meer toe in staat is, maar dat gaat ze niet uitproberen. Ze verbiedt zichzelf daaraan te denken. Dat kan ze, ze is in staat om het angstige deel van haar persoonlijkheid naar achteren te schuiven en een ander deel naar voren te halen. Ergens diep in haar zit een schakel die ze met ijzeren discipline kan overhalen, zodat het beven en stamelen ophoudt en haar lichaam haar weer gehoorzaamt.

Vanaf de bank klinkt Anouks piepende ademhaling, afgewisseld met gesnik. Meteen legt Lisa het bebloede kussentje op de grond om haar dochter naar zich toe trekken, maar Anouk verzet zich.

'Mama, je gezicht zit helemaal onder het bloed,' zegt ze met betraande wangen.

'Stil maar meisje, niet huilen. Het lijkt erger dan het is,' sust Lisa. 'Weet je nog toen je met je fiets was gevallen en je een snee in je voorhoofd had? Dat bloedde toch ook ontzettend? Terwijl er maar een heel klein sneetje zat.'

'Bloedt je neus nog?' vraagt Kreuger zakelijk.

Lisa wrijft voorzichtig met haar vinger onder haar neus, kijkt naar het resultaat en schudt haar hoofd.

'Ga je maar even wassen in de keuken.'

Voorzichtig komt ze overeind. 'Anouk, mama gaat even het bloed weghalen. Ik ben zo terug, je zult zien dat het meevalt.'

Stijf rechtop volgt Anouk haar moeder met haar ogen naar de keuken.

Vreemd, ze weet niet meer waar de aanrechtdoekjes liggen. Versuft blijft Lisa in het midden van de keuken staan. Het kost haar enige moeite om het zich te herinneren. Natuurlijk, in de bijkeuken. Op de tast pakt ze een schoon doekje uit de kast en houdt het onder de koude kraan. Zo voorzichtig mogelijk wast ze het bloed weg.

Van tijd tot tijd kijkt ze uit het raam van de keukendeur naar de achtertuin en de velden die zich daarachter uitstrekken. De mist is opgetrokken. Het onverharde pad dat naar het dichtstbijzijnde dorp voert, ligt er stil en verlaten bij.

8

Vroeger dacht Lisa dat geluk iets was wat je kon opeisen, als een soort geboorterecht. Als je maar positief ingesteld was, kon het leven je nooit echt pijn doen. Gelukkig zijn was voor haar een eigenschap, en diep in haar hart voelde ze een stille minachting voor mensen die zich beklaagden of in een depressie wegzakten. Als ze zich nou eens verzetten, in plaats van te jammeren waarom hun dat moest overkomen, zou ze veel meer respect voor die mensen kunnen opbrengen.

Tegenwoordig weet ze dat geluk niet alleen afhangt van je instelling en dat je het beslist niet kunt afdwingen. Ze heeft haar positieve houding nooit verloren, maar ze is zich er nu veel meer van bewust dat de mens een speelbal van het lot is. En met sommige mensen wordt wel erg gesold.

Ze haalt het echte leven en de romantische voorstelling die ze ervan had allang niet meer door elkaar. Ze weet dat je onverwacht getroffen kunt worden door tegenspoed, en ze dacht dat ze met Menno haar portie wel had gehad. Maar hier zit ze nu, in een situatie die ze nooit voor mogelijk had gehouden en waarin ze volslagen machteloos is. Gegijzeld in haar eigen huis! Hoe groot is statistisch gezien de kans dat een ontsnapte crimineel jouw huis als toevluchtsoord kiest? De kans om de loterij te winnen is groter.

Waarom ik? denkt ze, maar het antwoord komt er meteen achteraan: waarom zij niet? Die engerd had net zo goed kunnen binnendringen bij Rosa, die even verderop woont, maar hij zit hier, en Rosa heeft geen idee waar ze aan ontkomen is.

De rest van de middag brengt ze met Anouk door op de bank. Ze leest haar dochter voor uit haar lievelingsboeken en intussen houdt ze Kreuger onopvallend in de gaten. Het ene moment neemt hij plaats voor de televisie en zapt van zender naar zender, dan opeens springt hij op en drentelt rusteloos door het huis.

En terecht, denkt Lisa met grimmige voldoening. Het kan nu niet lang meer duren voor de politie er is.

Ze begrijpt niet waar ze blijven. Dat ze Kreuger zijn kwijtgeraakt na zijn ontsnapping is één ding, maar de vrouw die hier vanmiddag voor het raam stond moet nu toch wel aangifte hebben gedaan. Geloven ze haar niet? Of is het zo'n type dat zich liever geen problemen op de hals haalt en is ze gewoon naar huis gegaan?

Nee, denkt Lisa vastbesloten. Zoiets doe je niet. Als ze zelf maar de lichtste twijfel zou hebben of iets wel in de haak was, zou ze al maatregelen hebben genomen. Zij wel.

Maar dat geldt niet voor iedereen, zeurt een stemmetje in haar hoofd. In deze gewelddadige, egoïstische wereld hebben mensen maar één les geleerd, en dat is dat ze beter weg kunnen kijken van problemen als ze niet de aanleiding voor een stille tocht willen worden.

'Mama, lees nou verder.' Met lodderige, koortsige ogen kijkt Anouk haar aan en Lisa pikt de draad van het verhaal weer op. Ze had niet eens gemerkt dat ze was stilgevallen en dat haar gedachten zo ver waren afgedwaald. Mechanisch, bijna zonder intonatie, leest ze het verhaal uit. Als ze het boek dichtklapt, sluit Anouk vermoeid haar ogen.

'Goed zo, meisje. Ga maar even een slaapje doen.' Teder streelt ze haar dochter over haar zachte donkere haar. Als Anouk hoest, hoort ze het slijm in haar longen reutelen.

'Het lijkt wel alsof elk kind tegenwoordig astmatische bronchitis heeft,' bromt Kreuger.

'Het worden er wel steeds meer,' bevestigt Lisa.

'Dat komt door die verrotte milieuvervuiling. We vergiftigen de wereld en onze kinderen betalen daarvoor met hun gezondheid.'

Zou Kreugers zoon of dochter ook aan iets dergelijks lijden? Voor ze het weet informeert Lisa ernaar. Langzaam draait Kreuger zich naar haar toe. Even is ze bang dat ze de ontspannen sfeer heeft verstoord, maar Kreuger beantwoordt haar vraag gewoon.

'Ja, mijn zoontje had zware astma. Nog veel erger dan zij.' Zijn opmerking gaat vergezeld van een norse blik naar Anouk, alsof die er iets aan kan doen.

'Denk je dat dat kwam door milieuvervuiling?' vraagt Lisa voorzichtig, zich er heel erg van bewust dat Kreuger in de verleden tijd sprak.

'Ja, natuurlijk komt dat door milieuvervuiling. We hebben onze kinderen altijd gezond te eten gegeven, maar we woonden midden in de stad. Iedere ochtend moesten ze door het drukke verkeer en de uitlaatgassen naar school fietsen. We hadden nooit in de stad moeten blijven.' Kreuger staart voor zich uit, naar een verleden dat Lisa onbekend is, maar waar ze heel graag meer van wil weten.

Zijn ademhaling gaat wat sneller en zijn ogen schieten rusteloos heen en weer.

'Ze zeggen dat de temperatuur op aarde stijgt door de uitstoot van kooldioxide in de lucht,' zegt ze, om zijn aandacht af te leiden. 'CO_2 houdt warmte vast, dus dat klopt wel. Maar het schijnt dat er lang niet zoveel CO_2 wordt uitgestoten als wij denken. Met alles wat wij mensen hebben verstookt en aan uitlaatgassen hebben geproduceerd, is de aarde maar heel licht opgewarmd. Om het doemscenario van Al Gore over ons uit te roepen, zullen we het driedubbele aan CO_2 moeten uitstoten, misschien wel meer.'

Terwijl ze praat, houdt ze Kreugers reactie in de gaten. Hij lijkt niet te luisteren, maar ze gaat toch verder.

'Het is maar de vraag of alleen de mens schuldig is aan het broeikaseffect. Vulkaanuitbarstingen brengen ook CO_2 in de lucht, en in de miljarden jaren dat de aarde bestaat zijn er altijd temperatuurschommelingen geweest.'

'O ja?' zegt Kreuger ongeïnteresseerd.

'Ja, dat is gebleken uit boringen in het ijs van Antarctica. Hoe dieper je boort, hoe ouder de ijskern die je naar boven haalt. Uit de samenstelling van dat ijs is gebleken dat er een verband bestaat tussen de temperatuur en de CO_2-concentratie in die tijd. In de tijd van de dinosauriërs bijvoorbeeld was het kooldioxidegehalte tien keer hoger dan nu, maar het was niet tien keer zo warm. Het was eerder andersom: duizenden jaren nadat de temperatuur omhoog gegaan was, nam het CO_2-gehalte toe.'

Kreuger neemt haar van top tot teen op. 'Wat een slimme tante ben jij, zeg.' Het klinkt snerend, wat Lisa ertoe brengt te mompelen dat ze het ook maar ergens gelezen heeft.

Met een minachtend gesnuif wendt Kreuger zich af. 'Wijven...' mompelt hij. 'Vertel eens iets over je man. Waar is hij en waarom zijn jullie uit elkaar?'

Het is duidelijk dat hij wil weten of ze nog contact hebben, misschien onverwacht bij elkaar langskomen.

'Menno en ik zijn gescheiden omdat hij erg jaloers was,' zegt Lisa op vreemd afstandelijke toon, alsof ze in zichzelf zit te praten in plaats van tegen hem, een wildvreemde die dit alles geen donder aangaat. 'Hij was ziekelijk jaloers, ik werd er gek van. Aan het begin van onze relatie vond ik het nog wel vertederend, vleiend zelfs. Maar dat veranderde toen hij mijn gangen begon na te gaan.'

Voor het eerst drukt Kreugers gezicht iets van interesse uit. 'Wat deed hij dan?'

'Hij controleerde me, belde me de hele dag door op om te vragen wat ik deed, met wie ik was en hoe laat ik thuis dacht te zijn. In het begin maakte ik er grapjes over, maar op een avond was hij ziedend omdat ik tien minuten later thuis was gekomen dan ik had gezegd. Hij was ervan overtuigd dat daar iets achter stak.'

'En was dat zo?'

'Nee, natuurlijk niet. Ik hield van mijn man.' Dat geldt nog steeds. Althans, van de man die hij ooit was.

Er flitst iets in Kreugers ogen. 'Alle vrouwen gaan vreemd. Hoeren zijn het.'

'Ik niet. Ik hield van mijn man, ik had genoeg aan hem.'

Kreuger trekt met zijn linkermondhoek, het begin van een glimlachje dat niet doorzet. 'Alle vrouwen zijn hoeren,' herhaalt hij. 'Het zit in ze, ze kunnen het misschien niet eens helpen. Het zit in hun genen; koketteren, uitdagen, verleiden, liegen, andere kerels neuken...'

Niet reageren, geen aanstoot geven, er niet tegenin gaan maar ook niet meepraten. Als het niet te voorspellen is wat ze het beste kan zeggen, kan ze beter haar mond houden.

Ze werpt een vlugge, peilende blik in Kreugers richting. Hij zit op de armleuning van de bank en peutert met het mes het vuil onder zijn duimnagel vandaan.

‘Allemaal hoeren,’ mompelt hij.

Er valt een stilte, die zwaar en drukkend in de kamer hangt. Er ligt iets provocerends en minachtends tegelijk in Kreugers blik, alsof hij haar uitdaagt om het gesprek voort te zetten en tegelijk weet dat ze dat niet durft.

‘Ben jij getrouwd?’ vraagt ze losjes.

Even is ze bang dat ze te ver is gegaan, maar tot haar verbazing peutert hij rustig verder aan zijn duimnagel en haalt hij zijn schouders op.

‘Ik ben niet gescheiden, dus je zou kunnen zeggen dat ik getrouwd ben,’ zegt hij. ‘Mijn vrouw is dood.’

Hij peilt haar reactie en Lisa weet dat ze zijn blik nu moet vasthouden.

‘Dat spijt me,’ zegt ze, zo oprecht mogelijk.

‘Mij niet,’ zegt hij onverschillig. ‘Ze was een hoer, ik moest haar wel vermoorden.’

9

Het eerste waarvan ze zich bewust wordt, is de steriele lucht die ze inademt. Om haar heen ruikt het naar schoonmaakmiddelen en een vleugje alcohol. Het tweede is dat ze geen idee heeft waar ze is.

Het is volledig donker om haar heen. Een duisternis zo absoluut dat er nergens een grijstint te bekennen is. De ondergrond waar ze op ligt is zacht en warm, als een bed. Het ís een bed, beseft ze. Haar eigen bed?

Ze probeert zich een voorstelling te maken van haar slaapkamer, en ziet een ruimte met een witte plankenvloer, fris gedecoreerd met appelgroene gordijnen en geel beddengoed. De lichtinval en de geur, die het beeld compleet maken, is zo sterk dat ze heel zeker weet dat ze nu niet in die ruimte is.

Ze wil haar hoofd draaien om iets van haar omgeving te zien, maar dat gaat moeilijk. Sterker nog, het gaat helemaal niet. En waarom kan ze niets zien? Zo donker kan het toch niet zijn, zelfs midden in de nacht is er altijd nog wel iets te onderscheiden. Hier niet, ze kan niet eens ontdekken waar de deur is.

Onrust komt in haar op. Ze probeert regelmatig adem te halen, maar het groeiende angstgevoel is moeilijk te onderdrukken. Als ze haar mond opent om te roepen, produceert haar keel geen geluid.

Angst vlijmt door haar heen. Met haar ogen wijd open staart ze in de intense duisternis en vraagt zich af wat er in hemelsnaam aan de hand kan zijn.

Ergens vanuit de verte bereikt een stem haar. Hij klinkt niet vertrouwd en ze kan de woorden niet van elkaar onderscheiden, maar het is het enige wat houvast biedt in de duisternis waarin ze rondtolt. Een mannenstem, zacht en geruststellend.

Al haar zintuigen richten zich op de stem. Iemand moet ergens ver weg licht ontstoken hebben, want achter haar ogen hangt een grijs waas waarin donkere schaduwen bewegen.

'Waar ben ik?' vraagt ze, maar haar mond komt niet in beweging.

De stem praat tegen haar en de woorden komen als wartaal bij haar binnen. Ze luistert naar de klanken die zacht als golfjes tegen haar aan kabbelen. Het heeft iets geruststellends dat er iemand naast haar zit. In ieder geval is ze niet alleen.

Dan voelt ze zich weer wegzinken in een zware, stroperige duisternis, steeds sneller, als een vrije val in het luchtruim.

Er verstrijkt tijd, maar ze weet niet hoeveel. Momenten van inktzwarte duisternis en een diffuse wereld worden van elkaar gescheiden door een flinterdun waas. Vaak slaapt ze, als je het zo kunt noemen, en als ze omhoog komt drijven ligt ze met haar ogen dicht te waken. Haar lichaam ligt er roerloos bij, maar in haar hoofd razen gedachten en beelden continu voorbij.

Er verandert iets. Soms is er opeens een fel licht bij haar ogen, al ziet ze nog altijd niets. Ze hoort steeds vaker stemmen om haar heen en nu en dan vangt ze woorden op die haar bekend voorkomen. Ze begrijpt dat ze over háár praten en ze trekt de conclusie dat ze in het ziekenhuis ligt. Meteen dienen de bewijzen zich aan. Het gepiep van apparaten om haar heen, de geroutineerde bewegingen waarmee haar lichaam volkomen onverwacht wordt beetgepakt en omgedraaid.

Ze wordt gewassen en toegesproken op de vriendelijke babbeltoon waarmee je tegen vergeetachtige bejaarden praat. Al spant ze zich tot het uiterste in om te verstaan wat er wordt gezegd, ze vangt niet meer dan wat flarden op.

'... goed geslapen...' '... even kijken...' '... ga weer...'

Op een of andere manier is ze in het ziekenhuis beland. Ze heeft geen idee waarom, maar dat komt nog wel. Per slot van rekening kan ze nadenken en conclusies trekken. Haar geheugen laat het misschien even afweten, maar met haar denkvermogen is niets aan de hand.

Als ze zich een tijdje op haar omgeving heeft geconcentreerd, voelt ze hoe haar geest het langzaam opgeeft en zich weer terugtrekt in het niemandsland, hoezeer ze zich er ook tegen verzet.

Het zou zo gemakkelijk zijn om zich te laten ronddrijven in de zachte schemerwereld om haar heen. De duisternis heeft zich langzaam teruggetrokken en geeft schoorvoetend ruimte aan wat kleur. Blauw, zachtblauw, als de door de zon beschenen oceaan. Het is prettig en rustgevend daar, maar de trage kalmte van haar bestaan wordt regelmatig verstoord door een onwelkome lichtflits, als de bliksem die vooruitloopt op een donderbui. Innerlijk krimpt ze ineen omdat ze weet wat volgt: een felle, allesverterende hoofdpijn.

Maar iedere keer voelt na de storm haar hoofd helder en opgeruimd, alsof er even flink is schoongemaakt en er plaats is gemaakt voor de flarden herinneringen die langzaam komen bovendrijven.

10

Boven het wateroppervlak kijken twee gestalten op haar neer. Hulpeloos steekt ze haar hand uit, maar de reddende greep om haar pols blijft uit.

De stemmen praten door. Het klinkt vervormd, maar ze kan ze verstaan. Geen flarden maar hele zinnen, en de betekenis is haar volmaakt duidelijk. Ze ligt in coma. Dat is een schok, maar geen verrassing. Wie ze ook is en wat er ook is gebeurd, één ding is zeker: ze moet wakker worden. Wie wakker wordt staat op, werkt zich omhoog. Lichamelijk is ze daar niet toe in staat, maar geestelijk wel. Iedere keer als ze dreigt te worden teruggesleurd naar bewusteloosheid, verzet ze zich uit alle macht. Ze richt haar innerlijk oog naar boven en spant zich tot het uiterste in, als een drenkeling die op zijn rug drijft en zijn buik steeds verder omhoog duwt.

Wakker worden is een hele krachtproef. Het lijkt wel alsof ze in de sportschool bezig is, alleen heeft ze zich daar nooit zo afgemat als nu. Uiteindelijk moet ze het wel opgeven en zakt ze terug, in een zachte, massieve stilte.

Het is donker om haar heen. Hoe lang is ze weg geweest? Ze mag het zichzelf niet toestaan om steeds onder water te verdwijnen. Dat is niet goed, ze heeft geen controle over haar terugkeer. Ze zou zich moeten focussen op het oppervlak boven haar hoofd, erdoorheen breken als een zwemster die al haar krachten verzamelt om aan te tikken voor de gouden plak.

Daar boven wacht haar leven, wat voor leven dat ook is. Slecht kan het niet zijn als ze zo wanhopig graag terug wil keren. Met al haar wilskracht zwemt ze voort, maar een koude onderstroom zuigt haar terug. Ze slaagt er maar net in om in het blauwe water te blijven en niet af te zakken naar de donkere diepte. Het blauwe water biedt hoop, weet ze intuïtief. Hoe vaker ze naar de diepte wordt getrokken en hoe langer ze daar blijft, hoe minder groot de kans is dat ze ooit door het wateroppervlak heen zal kunnen schieten.

Opeens wordt ze overspoeld door een gevoel van verlies en eenzaamheid.

'Freek…' fluistert ze, maar onder water lost het geluid van haar stem op zodra ze het woord uitspreekt. Freek?

Er zit niets anders op dan rond te zwemmen en te wachten tot er iemand komt. Er hebben mensen aan haar bed gezeten, hun stemmen kwamen haar bekend voor, maar ze slaagden er niet in haar naar de oppervlakte te trekken. Voor ze het wist tuimelde ze weer terug in de zwarte diepte en toen ze bovenkwam, was ze alleen.

Nu ligt ze stil op haar rug en wacht. Het duurt wel erg lang. Misschien is het beter om zich in die diepe duisternis te laten zakken, beter dan hier te liggen, gevangen in een lichaam dat ze haar wil niet meer kan opleggen. Meteen duwt ze die gedachte weg, want natuurlijk is het beter om zich bewust te zijn van zichzelf en haar omgeving. Intuïtief weet ze dat ze iedere keer als ze zo'n vrije val naar beneden maakt, uit het leven wordt getrokken en een stapje dichter bij de dood komt. Het is van het grootste belang dat ze haar geest prikkelt, actief houdt, zodat ze écht wakker kan worden.

Opeens flitst er een gezicht voor haar geestesoog. Een knap, gebruind mannengezicht, omlijst door warrig donker haar. Hij glimlacht naar haar en ze voelt haar hart naar hem uitgaan. Ze houdt van deze man, maar naast liefde voelt ze ook een intense pijn. Ze heeft zin om te huilen, maar haar lichaam gehoorzaamt niet aan dat bevel, dus verdringt ze het gevoel van verdriet en probeert ze haar geest meer informatie te ontfutselen.

Net op het moment dat ze op het punt staat om zich iets te herinneren wordt ze teruggezogen. Diep onder water zwemt ze rond en tracht een uitweg te vinden, maar een inktzwarte duisternis houdt haar gevangen.

Het eerstvolgende waar ze zich van bewust is, is het gepiep van wieltjes die dringend een smeerbeurt nodig hebben. Ze is in beweging, ze wordt op haar bed weggereden. Een jong klinkende vrouwenstem vertelt haar dat ze een MRI-scan gaan maken.

'Je kunt ons horen, hè? Volgens mij kun je ons horen,' zegt ze. 'Ik heb ook het gevoel dat er iets veranderd is. Kijk, nu trillen je oogleden weer! Probeer je me iets te zeggen? Doe het nog eens?'

Ze trilt met haar oogleden, ze knippert, spert haar ogen open, knipoogt achter elkaar door. Boven haar klinkt een teleurgestelde zucht. 'Nou ja, misschien is dat nog te veel gevraagd. We gaan eerst maar eens naar je hersenen kijken. Zet 'm op, meid.'

Ze rijden een ruimte binnen, haar lichaam wordt door meerdere handen opgetild en ergens in geschoven. De stemmen om haar heen verstommen en een luid gezoem vult haar hoofd.

Langzaam zakt ze weg. Als ze zich weer van haar omgeving bewust wordt, is ze terug op haar kamer.

Er is bezoek. Iemand verschuift een krukje naast haar bed en praat tegen een derde.

'Waar is ze geweest?' Een bekend klinkende mannenstem, maar ze kan er geen gezicht of naam aan koppelen.

'We hebben even een uitstapje gemaakt,' zegt de verpleegster. 'Er is een MRI-scan gemaakt.'

'Dat was toch al gedaan?'

'Ja, maar we hebben redenen om aan te nemen dat ze bezig is wakker te worden, dus de arts wilde kijken of er sprake is van toegenomen hersenactiviteit.'

'En?'

'De uitslag is nog niet binnen, meneer.'

Kordate voetstappen op het zeil, de verpleegster loopt weg. De poten van het krukje schrapen over de grond, worden naast het bed geplaatst.

Warme lippen beroeren zachtjes haar voorhoofd. 'Hé, lieverd...'

Het moet een heel goede bekende van haar zijn. Misschien haar vriend of haar echtgenoot. Is ze getrouwd? Ze heeft in ieder geval mensen die zich bezorgd over haar maken, dat is een prettig idee.

De man gaat aan de rechterkant van haar bed zitten en opeens hoort ze aan de linkerkant nog een stem. De lichte, jonge stem van een kind, een jongetje, gevolgd door nog een andere, die van een meisje. Ze praten met elkaar, en nu en dan ook tegen haar, maar ze is te moe om zich op de betekenis van hun woorden te concentreren. Ze stoppen dopjes in haar oren en spelen haar lievelingsmuziek af. Ze voelt dat ze haar hand vasthouden, het jongetje de rechter en het meisje de linker, en ze hoort het woord 'knijpen'. Ze begrijpt wat de bedoeling is, maar ze is niet bij machte er iets mee te doen.

'Mama,' zegt de meisjesstem beverig. 'Mama, kun je me horen?'

Mama? Ze is dus moeder, ze heeft een dochter. En waarschijnlijk ook een zoontje. O mijn god, ze kan zich er niets van herinneren. Hoe moet dat als ze wakker wordt? En stel dat ze helemaal niet meer wakker wordt, dat ze voor altijd in deze leegte moet blijven rondwentelen.

Paniek grijpt haar bij de keel.

'Als je me hoort, knijp dan in mijn hand, oké? Als ik ook maar iets voel, dan weet ik genoeg.'

'Ja!' schreeuwt ze naar haar dochter. 'Ik hoor je! Ik hoor je!'

Het meisje neemt haar hand in de hare, strengelt hun vingers ineen.

Ze knijpt zo hard dat ze haar dochter beslist een blauwe plek bezorgt. Gespannen wacht ze op haar reactie.

Naast haar bed blijft het stil, ze hoort alleen de zachte ademhaling van het meisje.

'Je vinger trilt wel een beetje,' zegt ze aarzelend. 'Senta?' De mannenstem klinkt gespannen.

Haar vinger trilt helemaal niet, ze ligt doodstil. Haar hele lichaam ligt in starre verbazing stil, compleet verstijfd.

Senta.

Alsof een goochelaar het gordijn voor een lege kast wegtrekt, wordt haar door het noemen van die naam opeens een kijkje in haar geheugen gegund. Er klikt iets in haar hoofd, haar hersenen komen in beweging en beginnen als tandwielen te ratelen. Ze produceren een trage stroom informatie die ze probeert te combineren, om het geheel als een legpuzzel in elkaar te schuiven. Ze heet Senta, ze is drieënveertig jaar, getrouwd met Freek, moeder van drie kinderen. Vanochtend, als het tenminste nog dezelfde dag is, is ze vroeg van huis gegaan om op tijd in Brabant te zijn. Ze is journaliste en had een interviewafspraak in Oss. Stukje bij beetje komen de details van die ochtend terug, en een warme golf van opluchting stroomt door haar heen. Als haar geheugen terugkeert, zullen haar andere lichaamsfuncties straks ook wel weer gaan werken.

Eens kijken wat ze zich nog meer kan herinneren, want ergens op de terugweg moet iets zijn gebeurd. Het eerste waar ze bij uitkomt is de mist. Die verraderlijk snel opkomende mist die opeens over haar motorkap golfde en haar het zicht op de weg ontnam. Heeft ze een aanrijding gehad? Ze weet het niet meer, er komen geen beelden naar voren. Het laatste wat ze zich kan herinneren is het kruispunt waar ze probeerde de borden te lezen. Terwijl ze daarover nadenkt krijgt ze een flits van een slecht begaanbaar weggetje waar ze vloekend en zwetend van kuil naar kuil hobbelde.

Verder denken, het komt wel terug. Als ze zich maar genoeg inspant.

Maar er komt niets meer. De mist, het kruispunt en het weggetje, dat is alles wat haar geheugen prijsgeeft.

Haar gezin dan, de namen van haar kinderen. Wat voor een moeder is ze, dat ze de namen van haar eigen kinderen niet meer weet?

De stem van het meisje heeft een stroom emoties op gang gebracht die ze alleen maar kan vertalen met moederliefde. Ook al kan ze zich haar dochter niet herinneren, de klank van haar stem is genoeg om haar hart te beroeren. Haar mooie, onzekere, weerspannige puberdochter.

Denise.

Totaal onverwacht, zonder dat ze er moeite voor doet, geeft haar geheugen spontaan haar kinderen terug. Denise, Jelmer en Niels.

Tegelijk overvalt haar een enorme eenzaamheid, een schreeuwende behoefte om terug te keren naar de wereld waarin ze thuishoort.

Wanhopig kijkt Senta naar het oppervlak dat als een taai vlies boven haar hoofd hangt. Daar boven wacht een heel leven op haar, een rijk leven, vol beloftes. Ze moet wakker worden, wakker worden, wakker worden, wakker worden.

II

Pastasaus. Kruiden. Spaghetti. Knoflook. Tomaten en uien. Het staat voor Lisa uitgestald op het aanrecht alsof het een gewone maandag is. Het weerbericht voor vandaag was goed, het zou een mooie, warme nazomerdag worden. September is nog heel warm dit jaar, bijna broeierig. Terwijl de eerste bomen verkleuren en spinnen een ragfijn waas weven voor de ramen, blijft de zon onverstoorbaar schijnen, alsof het niet allang tijd zou zijn om een toontje lager te zingen. De mist die vanmiddag plotseling kwam opzetten, was een verrassing. Hij is nu opgetrokken, maar het is nog steeds een beetje grauw.

Lisa probeert niet te kijken naar het verband dat ze net heeft verwisseld. Ze is geschrokken van de wond, het zag er akelig uit met dat openliggende vlees en die donkere randen eromheen. Dat hoeft niet te betekenen dat het heel ernstig is. Het bloeden is gestopt, al duurt de pijn onverminderd voort. Ondanks de paracetamol gaat het kloppen van de wond gewoon door.

De afzuigkap staat zachtjes aan en trekt de indringende lucht van uien en knoflook naar zich toe.

Spaghetti is Anouks lievelingskostje en omdat ze ziek is, heeft Lisa vanochtend al besloten dat ze dat zouden eten. Dan wist ze zeker dat Anouk een paar hapjes zou eten. Nu betwijfelt ze of ze zelf meer dan een paar hapjes naar binnen kan krijgen.

De geur van verse kruiden en het lekkende sap van de tomaten op de snijplank doen hun best om haar te verleiden, maar ze weet dat ze zichzelf zal moeten dwingen om te eten. Het is belangrijk dat ze eet, ze moet op krachten blijven. Je weet nooit wanneer je die kracht opeens nodig hebt.

Af en toe checkt ze hoe het met Anouk gaat. Tot haar verontrusting zit Kreuger naast haar op de bank zachtjes te praten. Anouk knikt of schudt haar hoofd, maar ze zegt geen woord. Lisa zou graag meeluisteren naar wat Kreuger allemaal te vertellen heeft. Wat het ook is, Anouk weert hem af en trekt haar knieën op, als een demonstratief opgeworpen barrière.

Begreep Anouk nou maar dat ze deze man te vriend moet houden, dat ze hem niet moet afstoten. Maar ze heeft te veel gezien om hun ongevraagde gast het voordeel van de twijfel te geven. Gelukkig beschikt ze over de intuïtieve gave die de meeste kinderen vertelt hoe ze zich het beste kunnen opstellen. Om niets verkeerds te zeggen, beperkt ze zich tot knikken en hoofdschudden, en ze maakt zelfs niet meer de vergissing om te gaan jammeren en huilen. In plaats daarvan houdt ze Lisa scherp in de gaten en kopieert haar gedrag: een rustige, afwachtende afstandelijkheid.

Zo kalm mogelijk loopt Lisa de woonkamer in en dekt de eettafel. Drie placemats, drie borden, net als vroeger.

Terug in de keuken zoekt ze het bestek bij elkaar. Geen messen, alleen een vork en een lepel; met spaghetti is dat geen probleem. Terwijl ze het bestek naast de borden legt en een onderzetter voor de pan op tafel zet, probeert ze iets op te vangen van het gesprek dat Kreuger met haar dochter voert.

'Je vindt me vast een heel gemene man, nietwaar?' hoort ze hem zeggen.

Stilte.

'Geef eens antwoord,' dringt Kreuger aan.

Anouks ogen vinden die van haar moeder.

Geef antwoord, seint Lisa.

Anouk haalt diep adem. 'Ja. Jij hebt mama pijn gedaan. En mama heeft niets fout gedaan.'

Haar stem klinkt zo beschuldigend als die van een vijfjarige kan zijn.

Langzaam steekt Kreuger zijn hand naar haar uit, en in hetzelfde vertraagde tempo deinst Anouk iets terug. Iedere spier in Lisa's lichaam komt op scherp te staan, als die van een roofdier dat klaarstaat voor een sprong om haar jong te beschermen.

Alsof ze bij de minste aanraking kan breken, zo zacht vlijt Kreuger zijn hand tegen Anouks wang. Met zijn duim streelt hij licht haar huid.

Anouks gezicht betrekt, alsof ze twijfelt of ze zal gaan huilen of dat ze Kreuger in zijn hand zal bijten.

'Mama deed niet wat ik zei,' zegt Kreuger met zachte stem. 'En jij ook niet, maar dat kun je niet helpen. Maar de volgende keer dat jullie niet naar me luisteren, ben ik nog minder aardig. Begrijp je dat?' Zijn hand verplaatst zich naar haar kin en tilt hem op. 'Begrijp je dat, Anouk?'

'Ja, dat begrijpt ze. We begrijpen het allebei,' zegt Lisa vlug.

Met een ruk kijkt Kreuger op. 'Houd je bek!' schreeuwt hij haar toe. 'Ik was in gesprek met je dochter, niet met jou!'

Lisa doet verschrikt een stap naar achteren. 'Oké, oké, sorry.'

Na een paar seconden kalmeert Kreuger weer. 'Als jullie precies doen wat ik zeg, overkomt jullie niets. Dan ben ik hier zó weer weg en kunnen jullie doen alsof er niets gebeurd is.'

Doe normaal, ellendige klootzak, denkt Lisa. Je gijzelt ons, je maakt mijn dochter bang. Daar zal ze nog jarenlang nachtmerries van hebben. En anders ik wel.

Met een bovenmenselijke inspanning slaagt ze erin te glimlachen en te knikken. 'Prima, afgesproken. Nou, dan ga ik maar weer verder met het eten. Het is bijna klaar.'

'Dit is lekker,' zegt Kreuger.

Ze zitten aan tafel, Kreuger tegenover hen. Hij eet met smaak maar beschaafd, niet als de wildeman die haar keuken binnendrong. Ooit moet hij een aangepast iemand zijn geweest, een vader en echtgenoot, werknemer bij een bedrijf, een buurman in een rijtjeshuis in een nette straat. Iemand die zijn kinderen tafelmanieren heeft geleerd en zijn vrouw heeft gecomplimenteerd met haar kookkunst. Een attente en zorgzame man.

Ze eten in stilzwijgen. Alleen het geluid van de televisie, die Kreuger voortdurend aan wil laten staan, verbreekt de stilte. Dat en het geschraap van hun vorken die de spaghetti ronddraaien op hun bord. Anouk ziet er wat beter uit, de koorts is gezakt en ze eet zowaar een beetje.

Het is nog steeds licht buiten, ziet Lisa, maar niet lang meer. De duisternis valt iedere dag wat sneller in. Het lijkt zo kort geleden dat ze buiten kon eten en daarna nog een tijdje met een glaasje wijn op het terras van de zon zat te genieten. Jammer, zeker nu het overdag nog zo zomers aanvoelt. Gisteren was ook zo'n uitgelezen dag. Het was warm, ze had een topje en een korte broek aangetrokken en was een beetje in de tuin gaan werken.

Over Kreugers schouder heen blijven haar ogen rusten op de nog altijd florissante borders in de tuin met de licht verkleurende hortensia's, roze floxen, stokrozen en salvia's. Planten die ze eigenhandig heeft geplant toen ze hier kwamen wonen, die ze koestert en waarvan de schoonheid haar ieder jaar met vreugde vervult. Ze houdt van september, zeker als het zo'n gouden nazomer geeft. Maar nu vraagt ze zich af of het haar mooiste en meteen haar laatste najaar zal zijn.

Op Kreugers belofte dat hun niets zal overkomen als ze meewerken, durft ze niet te veel te rekenen. Hoeveel waarde heeft het woord van een crimineel die dwangverpleging nodig heeft? Hij is nu rustig en ziet er totaal niet gevaarlijk uit, en dat moet ze zo zien te houden. Het is nog steeds mogelijk dat de politie komt, maar diep in haar knaagt de twijfel. Ze hadden er allang moeten zijn. Hoeveel tijd kost het nou om een aangifte te noteren en een kijkje te nemen op het betreffende adres? Zelfs als de politie die vrouw niet serieus heeft genomen en geen enkele haast had, zou er inmiddels minstens één agent aan de deur hebben moeten staan.

Ze kan zich niet voorstellen dat de politie zo laks is dat ze niet voor de zekerheid even komen kijken, dus is de enige conclusie die overblijft dat de vrouw geen aangifte heeft gedaan. Misschien heeft ze Kreuger helemaal niet zien staan, en als dat wel het geval is, kan ze de situatie verkeerd hebben beoordeeld.

Kreuger schept nog een keer op. Hij eet met smaak, hij wel. Van haar bord, met haar vork, van haar eten. Op Menno's plek. Alsof hij van plan is om nooit meer weg te gaan.

Lisa neemt een slok uit haar glas water, maar het kost haar moeite om te slikken. De wanhoop die door haar heen golft is zo groot dat ze haar best moet doen om niet in tranen uit te barsten.

Wat maakt ze zichzelf ook wijs. De vrouw heeft geen aangifte gedaan en er is geen politie onderweg. Ze staat er helemaal alleen voor.

12

Natuurlijk heeft ze aan de komende nacht gedacht. Meermalen is de vraag door haar hoofd geschoten wie waar zou slapen, en hoe. Het lijkt Lisa sterk dat Kreuger hen gewoon in hun eigen bedden zal laten kruipen, maar ze heeft die gedachte de hele middag succesvol verdrongen. Het had geen zin om zichzelf gek te maken, ze leefde van minuut tot minuut, en tot de avond viel had ze nog hoop dat ze gered zouden worden.

Maar nu de schemering om het huis sluipt, zich in de verste hoeken van de tuin nestelt en de lucht een donkerblauwe tint krijgt, weet Lisa dat het tweede bedrijf van start gaat.

Ze hebben gegeten, zij heeft opgeruimd en zet de afwas in de vaatwasser. Anouk doet een spelletje op de computer, die in de computerkast staat. Kreuger zit op het randje van de bank en kijkt, ingespannen voorovergebogen, naar de televisie. Hij zapt net zolang tot op RTL4 het nieuws van halfacht begint.

Het opent meteen met hem. In de keuken vangt Lisa flarden van de berichtgeving op en ze gaat zo dicht bij de openstaande deur staan als ze maar durft.

'... nog geen spoor van de ontsnapte tbs'er Mick Kreuger...'

'... als hij zijn medicijnen niet inneemt, kan hij gevaarlijk...'

'... heeft tijdens zijn vlucht een man doodgeslagen...'

'... werd twee jaar geleden veroordeeld wegens de moord op...'

Lisa vlucht terug naar het aanrecht en probeert zichzelf onder controle te krijgen. Wat zullen in vredesnaam de gevolgen zijn als Kreuger het lange tijd zonder medicatie moet stellen? Waarschijnlijk komen dan zijn gewelddadige instincten, die normaal gesproken onderdrukt worden door pillen, bovendrijven.

Haar hand beroert haar pijnlijk kloppende slaap en ze neemt een slokje water voor haar droge keel.

Als ze zich omdraait, staat Kreuger opeens voor haar. Met een scherp geluid houdt Lisa haar adem in.

'Ik heb trek in koffie,' zegt Kreuger slechts.

'Ik zal even zetten.' Ze draait zich om naar het espressoapparaat op het aanrecht en zet het aan. Het apparaat komt met veel lawaai tot leven.

'Heb je dat gehoord?' Kreuger maakt een hoofdbeweging naar de televisie.

'Ik was bezig. De tv staat net te ver weg. Hoezo? Was je op het nieuws?' Ze slaagt erin haar stem luchtig te laten klinken, alsof het volkomen normaal is dat Kreuger op tv is. Achter haar blijft het stil, zo lang dat het haar spijt dat ze de vraag gesteld heeft. Kreuger komt naast haar staan, leunt tegen het aanrecht en kijkt haar onderzoekend aan.

'Wat heb je opgevangen?'

Werktuigelijk zet Lisa twee kopjes onder de tuit van het espressoapparaat. 'Dat zeg ik toch, niet veel. Een paar flarden.'

Kreuger slaat zijn armen over elkaar. 'Ze lieten een foto zien van mijn gezin. Opeens verschenen ze voor mijn neus, alle drie.'

De koffiebonen zijn op. Blij met dat excuus, dat haar de mogelijkheid geeft om een reactie uit te stellen, vult Lisa ze bij. Dan verzamelt ze al haar moed.

'Heb je drie kinderen?'

'Twee,' zegt hij. 'Een jongen en een meisje. Ongeveer zo oud als jouw dochter.'

'Leuk, een jongen en een meisje. Dat is een koningswens, hè?' Het valse enthousiasme in haar stem moet hem wel opvallen.

'Dat zeggen ze, ja.' Het klinkt niet alsof er een wens is uitgekomen.

Er valt een stilte, die Lisa verbreekt door op een knop te drukken. De koffiebonen worden met een enorm lawaai vermalen. Als dat klaar is, drukt ze op een andere knop en de koffie stroomt in de twee kopjes. Wat wil Kreuger van haar? Hij is onrustig, misschien zoekt hij afleiding. Het probleem is dat een gesprek voeren met hem gelijkstaat aan een wandelingetje maken door een mijnenveld. Ze kan niets vragen over zijn vrouw, maar misschien wel over zijn kinderen. Waarschijnlijk zijn die ondergebracht bij familie, of in een kindertehuis.

'Mis je ze?' vraagt ze, met het gevoel alsof ze geblinddoekt van een bergtop afspringt.

De knellende greep om haar arm komt niet helemaal als een verrassing.

'En waarom zou ik ze níét missen? Hè? Waarom denk je dat ik mijn bloedeigen kinderen niet zou missen? Omdat ik veroordeeld ben? Je kunt het je misschien niet voorstellen, maar ik heb ook gevoel! Dacht je dat ik geen gevoel had, vuile bitch?'

Zijn geschreeuw vult de keuken. Lisa schrikt maar ze krimpt niet ineen, slaat haar ogen niet neer en gaat ook niet jammeren.

Met alle zelfbeheersing die ze kan opbrengen steekt ze haar hand uit en legt die op zijn arm.

'Natuurlijk heb jij gevoel,' zegt ze zacht. 'En natuurlijk mis je je kinderen.'

Zijn razernij verdwijnt even snel als ze is opgekomen. Zijn gezicht vertrekt en de lege blik in zijn ogen keert terug.

'Ik mocht ze niet meer zien,' zegt hij toonloos. 'Nooit meer. Kun je je dat voorstellen? Hun bloedeigen vader? Maar dat maakte niet uit volgens de rechter. Ik mocht ze gewoon niet meer zien.'

'Wat erg voor je…'

'Ja.' Er verschijnt een uitdrukking op zijn gezicht alsof hij zich afvraagt wat hij hier doet.

'Mijn ex heeft ook geprobeerd Anouk bij mij weg te halen,' zegt Lisa.

Kreuger masseert met zijn duim zijn voorhoofd.

'Ik heb je toch verteld hoe jaloers hij was?' Ze houdt Kreuger een kopje koffie voor. Hij neemt het aan maar drinkt er niet van. 'Die jaloezie van hem heeft alles kapotgemaakt. Hij was jaloers op álles, vooral op het feit dat ik carrière maakte en hij niet. Hij was manager bij een groot filiaal van Albert Heijn, maar door een reorganisatie kwam hij op straat te staan. Opeens zat hij hele dagen thuis en had hij alle tijd om zich met mij te bemoeien. Ik werkte bij een onderzoekslaboratorium in Utrecht en carpoolde met een collega. Een leuke vent, maar gewoon een collega. Ik had nooit gedacht dat Menno daar een punt van zou maken. Eerst deed hij dat ook niet, maar toen hij werkloos was maakte hij opeens overal een punt van. Ik verzekerde hem dat hij me kon vertrouwen. Maar dat deed hij niet. Het ging pas beter toen ik zwanger raakte van Anouk. Of eigenlijk na haar geboorte.'

Lisa neemt een slok van haar koffie. Hun ogen maken even contact en dan slaat ze de hare weer neer.

Met zachte stem vertelt ze over de postnatale depressie die haar overviel na Anouks geboorte, over de donkere en uitzichtloze wereld waarin ze toen leefde.

'Menno heeft me toen heel goed opgevangen. Ook al had hij intussen werk gevonden, hij nam me alle taken en verplichtingen uit handen. Boodschappen doen, met Anouk naar het consultatiebureau, noem maar op. Intussen werd mijn wereld steeds kleiner. Mijn leven speelde zich alleen nog in dit huis af. Achteraf begrijp ik dat Menno dat heerlijk vond. Hij had me eindelijk helemaal voor zichzelf.'

Met toonloze stem vertelt ze verder over haar moeizame strijd om uit haar isolement te komen. Menno raadde haar af om naar een psychiater te gaan. Een consult bij een psychiater vond hij een dure vorm van zeuren. Hij zag niet in waarom ze haar gedachten en gevoelens aan een vreemde zou toevertrouwen als hij al iedere dag voor haar klaarstond. Beledigend en kwetsend vond hij dat, en totaal onnodig. Bovendien hadden ze er het geld niet voor.

Zo bleef Menno haar enige anker in de zee van depressie waarin ze steeds verder wegzonk. Het tij keerde toen ze zich op internet aansloot op forums, waar ze antidepressiva bestelde en langzamerhand zichzelf terugvond. Op een gegeven moment kreeg ze weer oog voor de wereld om haar heen… en ontdekte dat Menno er een dubbelleven op na hield.

'Hij ging vreemd,' stelt Kreuger vast.

'Dat niet alleen, hij had twee zoontjes bij die vrouw.' Lisa's stem klinkt dof. 'Toen ik aankondigde dat ik van hem wilde scheiden, werd hij razend en dreigde hij Anouk van me af te pakken. Dat zou hem niet veel moeite gekost hebben, want hij had mijn correspondentie op die forums uitgedraaid en alle rekeningen voor de antidepressiva bewaard. Ik was doodsbang dat hij de ouderlijke macht over Anouk toegewezen zou krijgen.'

‘Maar die kreeg hij dus niet. Natuurlijk niet, ze wijzen de kinderen altijd aan de moeder toe.’ Er klinkt een agressief ondertoontje in Kreugers stem door.

‘Niet altijd.’ Lisa brengt het espressokopje naar haar mond en neemt een slokje. ‘En Menno is niet naar de rechter gestapt. Hij heeft Anouk gewoon bij mij achtergelaten. Eigenlijk heeft hij ons allebei gedumpt.’

13

Het is nooit helemaal stil in een ziekenhuis. Overdag is er het gerammel van etenskarretjes, het gepraat van de verpleegsters op de gang en de geluiden die van buitenaf op de parkeerplaats doordringen. Als Senta zich weer bewust wordt van haar omgeving, is het laat op de avond. Dat kan ze afleiden aan de afnemende activiteiten van de verpleegsters, de rust in de gangen en het gesnurk dat uit andere kamers komt.

Dan dringt er nog iets tot haar door. Ze is niet alleen. Een ademtocht strijkt over haar gezicht. Er staat iemand over haar heen gebogen. Senta heeft geen idee wie het is, want de bezoeker zegt geen woord. Hij of zij buigt zich over haar heen, en dan voelt ze een hand langs haar gezicht glijden.

Een paar seconden is het heel stil, dan richt de bezoeker zich op. Het gordijn wordt teruggeschoven en Senta hoort voetstappen haar kamer uit lopen.

Nog lange tijd ligt ze met verhoogde hartslag in bed. Die zware ademhaling, de niet bepaald geruisloze tred waarmee hij haar kamer verliet, de sterke lucht van pepermuntkauwgom... Hij was het, Freek heeft al die tijd aan haar bed gezeten en zij heeft er niets van gemerkt.

Kom terug, kom terug! schreeuwt een stem in haar. Praat tegen me, lees me voor, vertel me iets!

De voetstappen sterven weg op de gang. Ze is weer alleen met haar gedachten en herinneringen.

Haar grootste wens was altijd om journaliste te worden. Het liefst voor een grote, gerespecteerde krant, maar toen ze daar eenmaal een baan had gekregen, ontdekte ze dat de tijdschriftenwereld haar veel meer aantrok. Zonder aarzelen waagde ze de overstap en daar heeft ze geen spijt van gekregen. De ene promotie volgde op de andere, met als gevolg dat ze nog voor haar veertigste hoofdredactrice was van een van de meest gelezen vrouwenbladen van het moment.

Iemand een goed interview afnemen is een vak apart. Iedereen kan een serie vragen afvuren, maar om tot een goed gesprek te komen moet je meer in huis hebben. Veel journalisten maken de fout zelf te veel aan het woord te zijn als er een gesprek ontstaat, terwijl de enige ingrediënten die je nodig hebt inlevingsvermogen en begrip zijn. Alleen daaruit ontstaan goede, sturende vragen. Vragen die iemand op een gegeven moment tot zelfinzicht brengen, omdat hij niet eerder de moeite heeft genomen op die manier over zichzelf na te denken.

Dat gebeurde haar bij de schrijver Alexander Riskens. Niet bepaald iemand die strooide met interviews; hij leidde een nogal teruggetrokken leven en het had haar heel veel moeite gekost om een afspraak met hem te maken. Toen dat gelukt was, had hij geëist dat zij, als hoofdredactrice, het interview zelf zou doen en daar was ze graag op ingegaan. Ze hield van lezen en was al jaren een groot liefhebber van zijn werk. Er was geen denken aan dat ze dit buitenkansje aan een van haar collega's zou overlaten.

Het was een spannende middag geworden. Alexander bleek een vriendelijke man te zijn die niet graag over zichzelf praatte, zodat het gesprek wat moeizaam op gang kwam. Het kostte haar zeker drie kwartier voor ze zijn vertrouwen enigszins gewonnen had en ze de sprong van clichévragen naar zijn diepere gevoelswereld durfde te maken.

Ze slaagde daarin omdat ze de verboden onderwerpen, zoals de dood van zijn vrouw en dochtertje, respecteerde en alleen zijdelings aanstipte. Ze viel hem niet lastig met de roddels en slechte recensies die ze over hem gelezen had, maar vroeg door over de onderwerpen die hij zelf aansneed. Aanvankelijk praatten ze daarom alleen over zijn werk, over het writer's block dat hem lamlegde en dat hem zo vreselijk dwarszat.

Op een gegeven moment waren ze bijna onmerkbaar naar zijn privéleven gegleden, en op dat punt aangekomen was er zo'n vertrouwelijke sfeer tussen hen ontstaan dat Senta moeite had om een einde te maken aan het gesprek. Alexander zelf blijkbaar ook, want hij nodigde haar uit voor een lunch in een gezellig restaurantje in het dorp waar hij woonde. Ze had de uitnodiging aangenomen, al begonnen alle alarmbellen in haar hoofd te rinkelen en vertelden al haar zintuigen dat ze beter zo snel mogelijk terug naar Amstelveen kon rijden.

Dat had ze niet gedaan, ze waren naar het restaurantje gegaan en hadden daar uren gepraat, *off the record* natuurlijk.

Senta wist dat ze in de gevarenzone was beland. Ze stond op het punt verliefd te worden op deze man, ze was het misschien al, en iedere minuut die ze langer in zijn nabijheid verkeerde, zou die gevoelens voeden.

In het rustieke restaurantje hield ze voortdurend haar hand in het zicht, zodat de witgouden trouwring met het kleine diamantje hem niet kon ontgaan. Een laatste poging om iets van een barrière in stand te houden. Als je haar later had gevraagd waar hun gesprek over was gegaan, wat ze hadden gegeten en gedronken die middag, zou ze geen flauw idee hebben gehad.

Als betoverd zat ze op haar stoel naar hem te kijken. En hij naar haar. Die eerste glimlach van herkenning, die eerste speciale blik, ze heeft alles uitvergroot in haar herinnering opgeslagen. Niet dat ze met elkaar flirtten. Er was geen sprake van dubbelzinnigheden of plagerijtjes, alleen van een rustig gesprek, met een vanzelfsprekendheid die dat soort flauwekul overbodig maakte.

Op een gegeven moment vielen ze even stil en luisterden naar een liedje dat ergens op de achtergrond te horen was. 'Save Room' van John Legend. Alexander zong zachtjes de woorden mee: *'Say that you stay a little. Don't say bye bye tonight...'*

Hij keek recht bij haar naar binnen. Ik wil je, zei die blik. Ik hou van je.

Dat is wel erg snel, vind je niet? antwoordden haar ogen.

Meer tijd heb ik niet nodig.

Verlegen als een tiener sloeg Senta haar ogen neer, maar niet voor die hem een antwoord hadden geseind. Hij schoof een bierviltje naar haar toe en ze schreef er haar telefoonnummer op.

Er zit iemand naast haar. Iemand die haar hand vasthoudt, hem zachtjes streelt en onophoudelijk tegen haar praat.

Het is Freek. Zijn stem klinkt geruststellend en vertrouwd, al heeft ze moeite om zich te concentreren op zijn woorden. Dat maakt niet uit, het is goed om te weten dat hij bij haar is. De vertrouwde klank van zijn stem is als balsem voor haar eenzame ziel.

De vraag dringt zich aan haar op hoe lang ze hier al ligt, en hoe ze eruitziet. Misschien hebben ze haar haren wel afgeknipt, dat doen ze bij patiënten die bedlegerig zijn. Dat is een beangstigende gedachte, maar niet zo erg als de herinnering aan een comapatiënt die ze eens in een medisch tv-programma heeft gezien. Bij die vrouw hing de mond open, waardoor er regelmatig een sliertje kwijl over haar kin droop, en haar gezicht vertrok voortdurend tot grimassen. Senta had bedacht dat als zoiets haar ooit zou overkomen, ze liever had dat men de stekker er maar uittrok.

Op die gedachte komt ze nu terug. Zo hardvochtig kan het leven niet zijn, dat ze moet vegeteren als een plant, of dat ze misschien wel sterft. Veel te jong. Vreemd, ze heeft er wel eens anders over gedacht maar op dit moment beseft ze dat ze inderdaad nog jong is. Niet middelbaar, niet afgeschreven nu ze geen dynamische dertiger meer was, maar een vrouw die midden in het leven staat.

Wat lijken de problemen waarmee ze zichzelf heeft gekweld opeens belachelijk. Futiliteiten waren het, de kleine zorgen van een vrouw die alles heeft wat er maar te wensen valt, maar het niet wist te waarderen.

Als ze straks wakker wordt, gaat ze het anders doen. Ze zal zich volledig op Freek en de kinderen richten, minder werken, meer genieten. Niet meer de fout in gaan.

Het is mijn straf, schiet het door haar heen. Niets gebeurt voor niets, misschien bestaat er toch wel een God en is dit zijn manier om me te vertellen dat het anders moet.

Ik begrijp het, God! Kunnen we er nog over praten? Zullen we iets afspreken? Ik kom bij uit mijn coma en vanaf dat moment zal ik het juiste doen. Ik beloof het, ik beloof het echt. Laat me alstublieft wakker worden…

14

De ontsnapte tbs'er Mick Kreuger is nog altijd niet gevonden. De man wist vanochtend vroeg tijdens een begeleid proefverlof te ontkomen. Ondanks het opsporingsbericht op televisie en het inzetten van extra mankracht bij de politie, is er geen spoor van hem te vinden. Kreuger wordt inmiddels verantwoordelijk gehouden voor de moord op twee personen die het ongeluk hadden hem tijdens zijn vlucht tegen het lijf te lopen. Een vijfentwintigjarige man die achter de kassa stond in een tankstation, werd vroeg in de ochtend vermoord. Bewakingscamera's hebben vastgelegd hoe de ontsnapte tbs'er de man doodsloeg, waarna hij de kassa leeghaalde en verscheidene levensmiddelen uit de winkel meenam. Een tweeënvijftigjarige vrouw werd gewurgd in haar woning aangetroffen. Buurtbewoners hebben een man zien rondlopen die voldeed aan het signalement van Kreuger. Volgens de minister van Justitie is deze zaak echter niet te vergelijken met eerdere ontsnappingen van tbs'ers. Mick Kreuger zat in het kader van zijn behandeling in een kliniek, met een op zijn persoon afgestemde beperkte bewegingsvrijheid. De Tweede Kamer heeft er bij de minister op aangedrongen alle begeleide verloven in te trekken en nader te bestuderen.

Alle nieuwsbulletins openen met Kreugers ontsnapping uit de tbs-kliniek. Na het *RTL Nieuws* volgen het achtuurjournaal, *Hart van Nederland* en diverse praatprogramma's waarin Kreugers doopceel wordt gelicht.

Het interesseert Kreuger blijkbaar niets dat Lisa en Anouk de berichtgeving volgen. Zonder ogenschijnlijk ook maar de geringste notitie van hen te nemen zit hij op het randje van de bank, maar Lisa weet zeker dat hij iedere beweging die ze maken registreert.

Anouk, doodmoe van het hoesten, leunt tegen haar aan, te ziek om zich nog bewust te zijn van de hachelijke situatie waarin ze verkeren.

'Ik wil naar bed, mama,' mompelt ze, met haar ogen al dicht.

Na een korte aarzeling waagt Lisa te vragen of Kreuger het goedvindt dat ze haar dochter naar bed brengt.

Kreuger draait langzaam zijn hoofd naar haar toe. Hij maakt een afwezige indruk, alsof hij minutenlang in een heel andere wereld heeft verkeerd en hij zich nu langzaam bewust wordt van de werkelijkheid.

Nadat hij een paar keer met zijn handen over zijn gezicht heeft gewreven, mompelt hij dat het goed is.

Een immense opluchting maakt zich van Lisa meester. Ze zal Anouk bij haar in bed laten slapen en de deur stevig achter zich dichttrekken. Achter die gesloten deur zullen ze zich even kunnen terugtrekken uit de constante sfeer van dreiging en onheil. Waarschijnlijk slaapt Kreuger op de bank, alert op alles wat er om het huis heen gebeurt, met de televisie de hele nacht aan.

Ze maakt aanstalten om overeind te komen, maar Kreugers stem houdt haar tegen.

'Jullie slapen vannacht in de kelder.'

Een ongelovige trek glijdt over Lisa's gezicht. 'In de kélder?'

Zonder verder commentaar concentreert Kreuger zich weer op wat er op de televisie te zien is.

'Maar... de kelder is veel te vochtig voor Anouk. En het licht is stuk, je ziet geen hand voor ogen.'

'Je mag er een matras en beddengoed neerleggen,' is Kreugers enige antwoord.

Vertwijfeld blijft Lisa staan. Er is weinig aan te doen. Het is natuurlijk uitgesloten dat ze Anouk alleen laat in die donkere ruimte, dus ze zal met haar mee moeten gaan. Terwijl het amper negen uur is.

'Ze kan nog wel een tijdje op de bank slapen,' mompelt ze.

'Wat jij wilt,' zegt Kreuger afwezig.

'Moet ik naar de kelder? Nee hè mama, ik hoef niet naar de kelder, hè?' Met angstige ogen kijkt Anouk haar moeder aan.

Het heeft geen zin om haar overstuur te maken. Met een beetje geluk valt ze zo in slaap op de bank.

'Nee hoor, je gaat lekker op de bank slapen. We leggen het kussen zó neer, en dan kruip je onder je deken. Is dat geen knus nestje?'

Een beetje wantrouwig draait Anouk zich op haar zij. 'Niet weggaan.'

'Ik ga niet weg. Ik blijf bij je, de hele nacht.'

Anouks ogen glijden naar Kreuger en dan kijkt ze haar moeder vragend aan.

'Hij blijft hier ook nog eventjes.' Tot Lisa's eigen verbazing klinkt haar stem vast en neutraal.

'Heeft hij geen eigen huis?' Anouk geeuwt, haar mond ongegeneerd wijd open.

Haastig buigt Lisa zich over haar heen en kust haar wang.

‘Sst, ga maar lekker slapen. Goed zo, oogjes dicht. Welterusten, lieverdje...’

‘Een liedje...’

Met licht trillende stem zingt Lisa het liedje dat bij het instopritueel hoort, maar Kreuger maakt daar op botte wijze een einde aan.

‘Kun je je bek niet even houden? Ik probeer dit te volgen!’

De stilte die volgt is totaal, maar de schrik doet Anouks lichaampje verstrakken van spanning.

Lisa glimlacht geruststellend naar haar. Ze mimet het liedje tot het af is en Anouk beweegt eveneens geluidloos haar lippen.

Dan een knuffel en een kus.

‘Ik hou van je,’ fluistert ze in Anouks oor.

Als ze zich opricht, mimet Anouk dezelfde boodschap.

Uren later schrikt Lisa op van een hand op haar schouder die haar ruw heen en weer schudt.

‘Bedtijd,’ zegt een stem boven haar.

Met een schok komt ze overeind. De rechterhelft van haar lichaam is verkrampt door de ongelukkige houding waarin ze heeft liggen slapen op het kleine plekje van de bank. De rest van de bank wordt in beslag genomen door Anouk, die zachte snurkgeluidjes maakt.

‘Vooruit!’ Bleek en prikkelbaar trekt Kreuger aan haar arm, en Lisa, opeens klaarwakker, komt overeind.

‘Moeten we echt naar de kelder?’

‘Je hebt tien minuten om beddengoed en matrassen ernaartoe te brengen. Ik blijf bij haar.’

Met een ongeduldige handbeweging gebaart hij dat Lisa moet opschieten.

Nog duizelig van het snelle opstaan loopt ze naar boven, en op de automatische piloot pakt ze moltons en hoeslakens uit de linnenkast. De matrassen op het tweepersoonsbed in haar slaapkamer zijn te zwaar om in haar eentje te versjouwen, dus haalt ze Anouks matras van haar bed en duwt hem de trap af. Ze sleept een tweede matras uit de logeerkamer en geeft ook die een zetje, zodat hij vanzelf langs de traptreden naar de hal glijdt. Met het beddengoed, dekbedden en pyjama's in haar armen gaat ze naar beneden. Binnen tien minuten ligt alles in de donkere, vochtige kelder.

Met moeite draagt ze Anouk het smalle trappetje af. Kreuger houdt iedere beweging die ze maakt in de gaten. Terwijl Lisa zich beneden installeert, verschijnt zijn lange gestalte boven aan de keldertrap en kijkt hij op haar neer.

'Heb je haar inhalators? Oké, ik laat jullie er morgenochtend weer uit.'

Voor Lisa nog iets kan zeggen gaat de deur dicht en wordt het aardedonker om haar heen. Het licht is stuk, dat stond al tijden op de lijst van klusjes die gedaan moesten worden.

De sleutel knarst in het slot en moedeloos zakt ze op de matras. Anouk is wakker geworden maar slaapt meteen door als ze haar moeders geruststellende stem hoort.

Goddank. Ze zou helemaal panisch geworden zijn als ze had gemerkt dat ze in deze duisternis zaten opgesloten. En er is geen denken aan dat ze uit de kelder kunnen ontsnappen. Hoog boven hen tekent zich een raampje af, maar dat is zo smal dat je je hoofd er niet eens door kunt steken. Het laat wel wat licht binnen, maar omdat er achter het huis geen verlichting is, stelt dat niet veel voor. Ze kan beter gaan slapen, ze heeft haar slaap hard nodig. Wie weet wat de volgende dag gaat brengen.

De politie, denkt ze vol wanhopig verlangen. Laat alsjeblieft de politie komen opdagen!

Op de tast zoekt ze haar pyjama en kleedt zich om. Ze kruipt onder het dekbed en slaat een arm om Anouk heen.

Boven klinkt geruis van water, dat even later door de afvoerbuizen die langs de kelder lopen naar beneden gorgelt. Kreuger neemt een douche.

Met een zucht draait Lisa zich op haar rug en luistert naar de geluiden die van boven komen. De wc wordt doorgetrokken, Kreugers voetstappen klinken op de overloop, de kasten die hij opentrekt piepen protesterend. Niet lang daarna wordt het rustig en hoort ze het kraken van een bed. Háár bed.

15

De kelder was Menno's domein. Er was plaats genoeg om allerlei spullen op te bergen, waarvoor hij rekken langs de wanden maakte die hij vol zette met rommel die Lisa zelf het liefst had weggegooid maar waarvan hij geen afstand kon doen. Oud, roestig gereedschap dat hij nooit gebruikte, kapotte apparaten als stofzuigers en transistorradio's die hij van plan was te repareren, bakjes met kurken van wijnflessen, binddraadjes voor vuilniszakken, lege batterijen, hij bewaarde alles. In de garage verzamelde hij de wat grotere spullen zoals beschadigde tuinstoelen en tegels in verschillende maten en kleuren die ooit nog van pas konden komen.

Na hun breuk heeft Lisa alles bij het grofvuil gezet, en dat luchtte in meer dan één opzicht op. Met het verdwijnen van Menno en al zijn rommel kwam er lucht en ruimte in huis, maar ook een verschrikkelijke leegte.

Ze weet precies wat er allemaal in de kelder staat, en ook dat het haar niets te bieden heeft. De ooit overvolle ruimte is zo goed als leeg en vormt daarmee een perfecte gevangenis. Vóór haar opruimwoede zouden Anouk en zij er nooit in gekund hebben met hun matrassen. Maar misschien had Kreuger dan wel iets veel drastischer bedacht om hun uit de weg te krijgen.

Ze dwingt zichzelf aan iets anders te denken. Aan Menno. Ook al zijn ze nu uit elkaar, hij belt nog regelmatig op met allerlei vragen en opmerkingen die hem een excuus geven om even contact te zoeken. Dat vindt ze niet erg, ze heeft er zelf ook behoefte aan om zijn stem te blijven horen. Zolang hij maar niet onverwacht langskomt, en dat doet hij helaas wel. Ze is er niet tegen opgewassen om hem te zien, nog niet. Daarvoor heeft ze zich nog niet voldoende van hem losgemaakt.

Grote kans dat hij morgen opeens voor de deur staat. Het zweet breekt haar uit bij die gedachte, want hoe houdt ze hem dan in hemelsnaam buiten de deur? Menno is niet iemand die gemakkelijk nee accepteert. Gelukkig heeft ze nog niet de kans gehad om hem te laten weten dat Anouk ziek is, anders was hij beslist gekomen. Wat ze ook van hem mag vinden, hij is een goede vader en hij houdt zielsveel van zijn dochter.

'Menno...' prevelen Lisa's lippen in het donker.

Ze hadden het zo goed kunnen hebben...

Diep in de nacht schrikt Anouk wakker uit een onrustige droom. Als ze ziet hoe donker het om haar heen is, begint ze te gillen. Lisa schiet omhoog, trekt op de tast haar dochter naar zich toe en stelt haar gerust.

'Stil maar, stil maar, mama is bij je. Niet gillen Anouk, er is niets aan de hand.'

Opgelucht dat ze niet alleen is drukt Anouk zich tegen haar aan. 'Licht,' zegt ze met een beverig stemmetje.

'Het licht is stuk, lieverd. Maar je hoeft niet bang te zijn, ik ben bij je.'

'Licht!' Er klinkt paniek door in Anouks stem, maar Lisa slaagt erin haar te sussen.

'We kruipen gewoon lekker tegen elkaar aan. Donker is niet eng, echt niet.'

'Waar zijn we?'

Lisa voelt Anouk naast zich verstijven.

'In de kelder,' zegt ze eenvoudig. 'Je weet wel, papa's kamertje.'

'Met al die rommel.'

'Ja, alleen is die rommel nu weg. Weet je nog dat ik alles opgeruimd heb?'

'Ik wil naar papa,' zegt Anouk met haar duim in haar mond. 'Papa moet het licht maken. Ik wil naar mijn eigen bed.'

Lisa zucht licht. 'Ik ook, maar dat gaat niet, schat.'

Even blijft het stil, dan klinkt Anouks stemmetje weer in het donker. 'Is die enge man er nog?'

Ja, die ligt in mijn bed, denkt Lisa verbeten maar ze zegt op montere toon: 'Ja, maar dat duurt vast niet lang meer.'

Weer is het even stil, dan vraagt Anouk: 'Is dat nou een kinderlokker, mama?'

Ondanks alles moet Lisa lachen. 'Nee, dat is geen kinderlokker. Maar je hebt gelijk, het is wel een rare man. Daarom moeten we precies doen wat hij zegt, anders wordt hij kwaad.'

'En dan gaat hij heel hard slaan, hè?' Er ligt een bezorgde klank in Anouks stem en Lisa voelt een handje over haar gezicht glijden. Ze kust het handje en zwijgt, bang dat haar stem haar emoties zal prijsgeven.

Met zachte dwang krijgt ze Anouk zo ver dat ze gaat liggen, en met een zorgzaam gebaar trekt ze het dekbed over haar schouders. Ze kruipt weer tegen haar dochter aan en zingt zacht liedjes voor haar tot ze wegdommelt. Zelf ligt ze wakker tot het eerste ochtendlicht door het smalle raampje naar binnen glijdt.

Dan staat ze op en inspecteert de kelder minutieus. Zoals ze wel had verwacht, is er niets dat als wapen kan dienen of waarmee ze op de een of andere manier alarm kan slaan. Er staat alleen een oude transistorradio van Menno.

Lisa steekt de stekker in het stopcontact, draait aan een knop en hoort tot haar verbazing geruis. Krijg nou wat, hij doet het!

Koortsachtig zoekt ze een nieuwszender voor de laatste berichten en valt midden in de reclames. Het duurt nog zeker een kwartier voor het nieuws van zes uur begint. Maar dan komt Kreuger ook meteen ter sprake.

Een apart team van het Korps Landelijke Politiediensten, het KLPD, *houdt zich fulltime bezig met de opsporing van de voortvluchtige tbs'er Mick Kreuger. Directe aanleiding van het inzetten van deze speciale eenheid is het gevaar dat de tbs'er vormt voor de samenleving. Kreuger doodde gisteren twee mensen op zijn vlucht en inmiddels is bekend dat hij eveneens verantwoordelijk is voor de dood van zijn vrouw en kinderen, en haar vriend, twee jaar geleden.*

Met haar oor tegen de kleine transistorradio gedrukt zit Lisa op een krukje. Ze durft het apparaat niet harder te zetten uit angst dat Anouk wakker wordt of Kreuger haar hoort, maar ze wil ook geen woord missen.

Naar verluidt kon Kreuger niet verwerken dat hij werd gescheiden van zijn gezin en bracht hij eerst zijn vrouw en haar vriend, en daarna zijn beide kinderen met geweld om het leven.

De nieuwslezer praat zonder enige intonatie door, zo droog alsof hij de files van die ochtend meldt. Het krukje lijkt kleiner en kleiner te worden, tot Lisa er bijna af valt en steun moet zoeken bij het rek met planken.

Mijn god. Hij heeft echt zijn vrouw vermoord. En niet alleen haar, maar ook zijn bloedeigen kinderen. Met geweld. Wat moet ze zich daarbij voorstellen?

Er verschijnt een beeld voor haar ogen van twee grote handen die zich om een kinderkeeltje sluiten, en een huivering glijdt langs haar ruggengraat.

Wie doet zoiets? Wat knapt er dan in je hoofd dat je in staat stelt om het leven uit een weerloos kind te persen?

Achter haar mompelt Anouk in haar slaap en Lisa sluit haar ogen om niet meegesleurd te worden door een golf van wanhoop en machteloosheid.

16

Er is al een groot deel van de ochtend voorbij als de sleutel in het slot knarst en de kelderdeur openzwaait. Lisa en Anouk zitten naast elkaar tegen de muur geleund, met de dekbedden over zich heen getrokken.

Als een middeleeuwse vorst kijkt Kreuger op hen neer en maakt een hoofdbeweging naar de trap.

Moeizaam komt Lisa overeind en helpt Anouk opstaan. Het kind is stil en bleek, maar ze hoest niet meer. De penicillinekuur is goddank aangeslagen.

Misschien vertrekt Kreuger vandaag, denkt Lisa hoopvol. Hij kan hier toch niet eeuwig blijven? Ze kan voorstellen hem geld en kleding mee te geven. Desnoods zet ze hem in haar eigen auto over de grens. Wat hij maar wil.

Nieuwe hoop neemt bezit van haar en iets minder zwaarmoedig gestemd helpt ze Anouk de trap op. De televisie in de woonkamer staat aan, maar de gordijnen zijn nog dicht. Achter de lichte stof doet de zon een poging om binnen te dringen, maar belicht alleen de bende in huis. In de woonkamer slingeren bladen van de krant over de bank en de vloer, als een al te letterlijke opvatting van de term nieuws verspreiden.

De keuken is een troep, het aanrecht ligt vol verpakkingen en de vloer is bezaaid met kruimels, korstjes kaas en stukjes eierschaal. Zo'n beetje de hele inhoud van de koelkast is op het aanrecht uitgestald en er hangt een sterke lucht van gebakken eieren en koffie. Meneer voelt zich blijkbaar thuis. Opeens is Lisa iets minder overtuigd dat hij op korte termijn zal vertrekken, en de teleurstelling dient zich aan in de vorm van een bonzende pijn boven haar ogen.

Terwijl Kreuger fluitend door de woonkamer loopt, gaat ze bij het aanrecht staan en maakt ze ontbijt voor Anouk en haarzelf. Ze zet thee en schenkt een beker melk in voor Anouk, en zonder overleg gaan ze aan de kleine houten tafel in de keuken zitten, in plaats van aan de eettafel in de woonkamer.

'Ik heb niet zoveel honger, mama,' zegt Anouk zacht.

'Ik ook niet.' Met tegenzin kauwt Lisa op haar boterham met kaas. Het brood vormt een kleffe bal in haar mond die ze met een paar flinke slokken thee moet wegspoelen. 'Probeer maar te eten wat je op kunt. Een paar hapjes is genoeg. Heb je wel zin in melk?'

Bij wijze van antwoord pakt Anouk haar glas met beide handen op en drinkt het helemaal leeg. Triomfantelijk kijkt ze haar moeder aan. Een witte rand siert haar mond. Lisa glimlacht goedkeurend.

Anouk buigt zich samenzweerderig naar haar toe en vraagt: 'Blijven we vandaag hier zitten?'

Om de dooie dood niet, denkt Lisa. Dit is nog altijd *míjn* huis.

'Nee,' zegt ze. 'Ik ga straks met die meneer praten. Misschien kunnen we hem ergens naartoe brengen.'

'Waar dan?'

De gevangenis, denkt Lisa. Of een heel diepe afgrond.

Ze haalt haar schouders op. 'Ergens waar ze hem niet kunnen vinden.'

'Hij verstopt zich hier,' stelt Anouk vast. 'Voor de politie.'

Lisa kan het niet ontkennen.

'Kan de politie hem niet vinden, mama?'

'Nee. Daar schijnen ze niet toe in staat te zijn.'

Anouk kijkt door het keukenraam naar buiten en Lisa slaat haar bezorgd gade. Wat gaat er door haar hoofd, en hoe groot is de kans dat ze een trauma zal ontwikkelen? Alle ingrediënten zijn daar wel voor aanwezig, maar als ze ervoor kan zorgen dat Kreuger vandaag vertrekt, blijft de schade hopelijk beperkt. Misschien zal Anouk dan alleen de eerste tijd bang voor vreemden zijn en het voorval langzaam maar zeker vergeten. Aan de andere kant, ze heeft moeten aanzien dat haar moeder tot bloedens toe werd geslagen, dat ze bedreigd werd met een mes, en ze zijn een nachtlang in een donkere kelder opgesloten.

Maar toch, het kan allemaal nog veel erger. Hoe kan ze haar kind beschermen tegen de verschrikkingen die ze vreest?

Door niet langer een afwachtende houding aan te nemen, realiseert ze zich. Ze moet het heft in handen nemen en Kreuger overtuigen dat hij beter weg kan gaan.

'Mam?' Het hoopvolle stemmetje van Anouk haalt Lisa uit haar sombere gedachten.

'Ja?'

'Wil jij alsjeblieft mijn barbies naar beneden halen?'

Het is een huiselijk tafereeltje: Anouk die in de woonkamer met haar barbiepoppen speelt, Kreuger verdiept in de krant en Lisa die de keuken opruimt. Als ze klaar is, gaat ze automatisch aan de gang met het espressoapparaat, en het aroma van gemalen bonen vult de keuken.

'Ja, koffie!' roept Kreuger vanuit de huiskamer.

Lisa gaat in de deuropening staan. 'Drink je hem zwart?'

Kreuger knikt zonder op te kijken.

Of heb je er graag iets in? maakt Lisa haar vraag in gedachten af. Rattengif, een overdosis slaapmiddelen, een mixje van restjes gevaarlijke medicijnen...

Als laborante weet ze genoeg van gif af. Ze werkt voor een onderzoekslaboratorium dat analytische ondersteuning biedt aan bedrijven die cosmetica en medicijnen ontwikkelen. Het is haar taak om grondstoffen en eindproducten te analyseren voor ze vrijgegeven worden.

Je hoeft geen Russische spion te zijn om een dodelijke vergiftiging op te lopen. Medicijnen en cosmetica zitten er vol mee. De kreet 'dermatologisch getest' op verpakkingen en potjes betekent vaak niets. De woorden suggereren dat het om een veilig en huidvriendelijk product gaat dat zorgvuldig is getest, terwijl het onderzoek vaak niet meer behelst dan een werknemer die een likje crème op zijn huid smeert en afwacht of hij er uitslag van krijgt. De term 'dermatologisch getest' is niet beschermd, iedereen mag die aanbeveling op zijn product zetten. Dat een pot crème van een paar honderd euro 'zuiverende plantenextracten' bevat mag heel onschuldig klinken, het label waarschuwt niet dat de gebruikte rode algen giftig zijn.

Wat Lisa doet is gedegen onderzoek plegen, voorlichting geven aan de consument via publicaties en duidelijkheid scheppen in de scheikundige abracadabra van cosmeticafabrikanten.

Momenteel voert ze een kruistocht tegen fabrikanten van Botox in crèmes, die de consument geld uit de zak troggelen zonder dat het smeersel ook maar enig effect heeft op rimpels. Als crème werkelijk ingrijpend de structuur van je huid verandert, is het een medicijn, dat alleen op doktersvoorschrift verkrijgbaar mag zijn.

Peinzend kijkt Lisa voor zich uit. Gif is overal, wat je ook gebruikt of inneemt. Ongeveer negentig procent van de vergiftigingen gebeuren in en om het huis, dus hoe moeilijk kan het zijn om aan deze nachtmerrie een einde te maken? Een te rauw tartaartje of een stukje kipfilet dat de hele dag buiten de koelkast heeft gelegen kan al genoeg zijn. Het probleem met voedsel is dat je nooit zeker weet dat degene voor wie het gif bedoeld is het ook daadwerkelijk binnenkrijgt. Voor hetzelfde geld geeft Kreuger dat stuk kip aan haar. Of erger nog, aan Anouk.

Nee, dat risico kan ze niet nemen. Ze moet het slimmer aanpakken. Zou hij het proeven als ze iets in zijn koffie gooide? Ze heeft geen idee welke gifsoorten geen bijsmaak achterlaten. Rattengif is natuurlijk heel afdoend, maar dat heeft ze niet in huis. Wel een mierenlokdoosje, maar hoeveel heb je daarvan nodig om een volwassen man te vellen? En wat als hij zijn koffie meteen uitspuwt en begrijpt wat ze probeert te doen?

Met een zucht haalt ze twee koppen koffie uit het espressoapparaat en neemt ze mee naar binnen. Een wanhoopsactie kan altijd nog, ze probeert het eerst wel met een gesprek.

Terwijl ze de koffie voor Kreuger op tafel zet, probeert ze een glimp op te vangen van wat hij leest.

'Is er nog nieuws?' vraagt ze losjes.

'Nee, niet echt.'

'Geen nieuwe ontwikkelingen dus,' stelt Lisa vast.

Het gegrinnik waarmee hij opkijkt, klinkt haar hoogst onaangenaam in de oren. 'Ze hebben geen idee waar ik zit, als je dat bedoelt. Dus eigenlijk is er wel nieuws. Heel goed nieuws zelfs.'

'Je weet zelf ook wel dat de politie in het belang van het onderzoek terughoudend is.'

Haar opmerking maakt niet veel indruk op hem. Met luchtige bewegingen slaat Kreuger de bladen van de krant om. 'Maar als ze wisten waar ik zat, hadden we het wel gemerkt.'

Daar heeft Lisa niets meer aan toe te voegen.

'Dat weet je niet,' zegt ze tenslotte toch maar. 'Ze kunnen dichterbij zijn dan je denkt.'

'Ze zijn al heel dichtbij geweest. Gistermiddag hebben ze hier op de dijk heen en weer gereden.'

'De politie?' Er verschijnt een verblufte uitdrukking op Lisa's gezicht.

'De politie, ja. Natuurlijk hadden ze geen idee dat ze zo dicht in de buurt waren. Ze kwamen ook niet voor mij.'

Er valt een stilte.

'Voor wie dan?' waagt Lisa te vragen.

Blijkbaar zit hij er niet mee om die informatie met haar te delen, want Kreuger vouwt de krant weer open en zoekt de pagina met het streeknieuws op. 'Er schijnt gistermiddag iemand in het water gereden te zijn. Niet eens zo ver hier vandaan.'

Bereidwillig draait hij de krant naar Lisa toe. Haar ogen vliegen over het summiere berichtje, waarin verslag wordt gedaan van het ongeval. Terwijl ze het bericht leest, gaat haar ademhaling steeds sneller.

Volgens het verslag reed gistermiddag een drieënveertigjarige vrouw met hoge snelheid over een dijk in de omgeving van Appeltern toen ze in een scherpe bocht de macht over het stuur verloor. Ze vloog met haar auto in het water, en tegen de tijd dat een ooggetuige, die toevallig met zijn hond over de dijk wandelde, op de plaats van het ongeluk was aangekomen, was de wagen gezonken. De man sprong in het water en haalde de vrouw naar boven, waarna hij haar reanimeerde tot de ambulance arriveerde. De vrouw werd buiten bewustzijn naar het ziekenhuis gebracht. Volgens de laatste berichten ligt ze nog steeds in coma.

17

Senta wordt uit haar sluimering gehaald door een jingle van Radio 538. Iemand heeft een radio bij haar bed gezet. Een vrolijke stem bereikt haar oor, vervolgens de nieuwste hits, doorspekt met grappenmakerij en uitbundig gelach van de presentatoren van het programma.

Het gaat Senta te snel, het is te veel, ze krijgt er hoofdpijn van. Kan iemand dat rotding niet uitzetten?

Maar opeens houdt het drukke gepraat en vette gelach op en voelt ze hoe ze zachtjes wordt opgenomen en gewiegd door rustgevende klanken. Ze kent dit liedje. Ze heeft een cd van deze zanger.

Say that you stay a little
Don't say bye bye tonight
Say you'll be mine

Just a little bit of love
Is worth a moment of your time

In haar onderwaterwereld zingt ze de woorden zachtjes mee. Zonder aarzelen. En ergens uit de krochten van haar geheugen diept ze een naam op. Niet de naam van de zanger, maar van iemand die ze met dit nummer associeert. Een verboden naam, die haar pact met God kan verstoren.

In paniek vlucht ze naar andere gedachten, herinneringen aan de tijd dat haar kinderen klein waren, aan haar eigen jeugd, om dan weer terug te keren naar het heden. De laatste gezamenlijke vakantie in Italië, toen Niels eigenlijk niet meer mee wilde en ze hem wanhopig probeerde over te halen. Drie weken lang hing hij verveeld in een tuinstoel met zijn iPod, hij torpedeerde al hun plannen voor uitstapjes en kwam alleen in beweging als het eten op tafel stond. Denise had de vakantie wel leuk gevonden. Waar ze thuis niet toe te bewegen was, zoals een gezelschapsspelletje doen of met haar moeder de stad in gaan, vond ze op vakantie, zonder de constante aanwezigheid van haar vriendinnenclub, wel gezellig.

Senta had ervan genoten haar dochter weer eens voor zichzelf te hebben. Thuis leefde iedereen zijn eigen leven, in iedere kamer stond een tv en dikwijls zaten ze allemaal apart naar een andere zender te kijken. Jarenlang was de zomervakantie dé periode waarin ze als gezin weer tot elkaar kwamen.

Dat Niels niet meer mee wilde had Senta ruw wakker geschud. Haar kinderen waren niet klein meer, Niels was al zeventien, Denise veertien en Jelmer, haar jongste van elf, ging volgend jaar ook al naar de middelbare school. Nog een paar jaar en ze zou alleen met Freek in Italië zitten.

Ze was voor de spiegel gaan staan en had zichzelf eens goed bekeken. Deze keer zonder eerst het rolgordijntje van het badkamerraam dicht te trekken, zodat het onbarmhartige licht niet gedempt werd. Ze was niet blij geworden van wat ze zag. Haar veertigste verjaardag had ze nog groots gevierd, met de nonchalante houding van iemand die het niet interesseert dat ze definitief geen dertiger meer was. Veertig was het nieuwe dertig, en zo was ze ook van plan om zich te gedragen.

In haar hart wist ze toen al dat veertig geen nieuw begin was, maar dat vanaf dat moment alles alleen maar minder zou worden. Langzaam, dat wel, maar onontkoombaar.

En zo was het ook gegaan. Lange tijd kon ze zichzelf luchtig geruststellen dat ze zich aan de goede kant van de veertig bevond, zoals ze zichzelf tien jaar eerder had verzoend met het feit dat ze de dertig gepasseerd was. Wat een belachelijk idee dat ze daar toen mee zat.

Kort na haar drieënveertigste verjaardag begon ze opeens te dromen over vroeger. Iedere nacht keerde ze terug naar haar studententijd, naar de vlotte, ongebonden jonge meid die ze toen was. En iedere keer als ze wakker werd, kostte het even tijd om tot zich door te laten dringen dat ze inmiddels twee keer zo oud was.

Opeens ging de tijd nog sneller dan daarvoor en brak het moment aan dat ze het geen genoegen meer vond om oude fotoalbums door te bladeren of naar videofilmpjes te kijken uit de tijd dat de kinderen nog klein waren. Het gevoel van vertedering dat haar altijd bekroop, ging nu hand in hand met een verstikkend gevoel van nostalgie dat haar de rest van de dag niet meer losliet.

Ze was middelbaar. Er lag nog maar een relatief korte periode voor haar waarin ze de bewonderende blik van een passerende man kon opvangen, en waarin ze nog enigszins de concurrentie kon aangaan met stralende dertigers.

Ze had niet gedacht dat ze zich daar zo depressief door zou gaan voelen. Misschien dat ze daarom zo ontvankelijk was geweest voor de charmes van Alexander.

Ondanks zijn doortastendheid liep Alexander niet te hard van stapel. Hij nam de tijd om haar te leren kennen en toen ze na een paar weken voor het eerst met elkaar naar bed gingen, waren zijn liefkozingen teder en bedachtzaam. Hij wist precies waar en hoeveel.

Dat was Freek na eenentwintig jaar huwelijk niet eens gelukt. Vanaf het moment dat ze ermee begonnen was haar man en haar minnaar met elkaar te vergelijken, kon ze er niet meer mee ophouden. Ze wist heus wel dat in de eerste fase van verliefdheid de kwaliteiten van je geliefde fel oplichten, en dat daarbij de man met wie je een half leven samen bent als vanzelf flets afsteekt, als een overbelichte foto. Ze had te veel reportages over dit onderwerp verzorgd voor haar blad, te veel artikelen gelezen en verhalen aangehoord, om de clichés niet te herkennen. Maar de reden dat clichés zo hardnekkig zijn, is dat ze gewoon wáár zijn.

Nee, Freek was na eenentwintig jaar niet meer zo attent als in het begin. Alexander daarentegen hield iedere deur voor haar open, schoof haar stoel achteruit als ze wilde zitten en als ze uit eten gingen, stopte hij nooit zoals Freek het eerste stukje stokbrood met kruidenboter in zijn eigen mond, maar bood het háár aan.

Terwijl ze zich daar nooit het hoofd over had gebroken, vroeg ze zich opeens bijna dagelijks af wie ooit had bedacht dat een mens monogaam door het leven moest gaan. Monogamie was geen biologische vereiste om de soort in stand te houden, zelfs in de dierenwereld kwam het maar zelden voor. Het waren door mensen opgelegde regels die geen sterveling kon nakomen zonder op z'n minst ooit heel erg in de verleiding te komen om ze te overtreden.

Niet dat ze niet meer van Freek hield. Het voordeel van zoveel jaren huwelijk was dat de verliefdheid had plaatsgemaakt voor een hechte kameraadschap en vertrouwdheid; dingen die de jongere collega's in haar team erg middelbaar en saai in de oren klonken, maar van een waarde waren die Senta beslist niet onderschatte.

Het probleem was dat je zo'n beetje iedere vijf jaar verandert, zoals een slang zijn oude huid afschudt. Jarenlang hadden Freek en zij op hetzelfde moment hun huid afgeschud, elkaar opnieuw leren kennen en weten te boeien. Maar de afgelopen jaren had Senta het gevoel dat ze in haar oude huid bleef steken, hoe ze zich er ook aan probeerde te ontworstelen. En Freek keek toe zonder een hand uit te steken om haar te helpen, zonder zelfs maar door te hebben dat ze langzaam stikte.

18

De zwarte druklettertjes dansen voor Lisa's ogen. Het is alsof ze in een diepe afgrond valt en instinctief grijpt ze de rand van de tafel vast.

'Appeltern, dat is toch hier?' zegt Kreuger belangstellend.

Lisa knikt slechts.

'Kun je nagaan. Als ik gistermiddag de straat op was gegaan, was ik recht in de armen van de politie gelopen. Het is veel te riskant om de deur uit te gaan. Ik kan beter nog een tijdje blijven zitten, denk je ook niet?' zegt Kreuger opgewekt.

'Ja,' geeft Lisa toe. 'Dat denk ik ook.'

Verrast kijkt hij naar haar op.

'Voorlopig wel, tenminste,' gaat ze door. 'Ik zal het je niet moeilijk maken.'

Aandachtig bestudeert hij haar. 'Heel goed.'

'Maar ik kan me voorstellen dat je plannen hebt. Ik bedoel, je kunt hier niet eeuwig blijven zitten. Heb je al een idee waar je naartoe wilt? Want dan breng ik je wel even, geen probleem. Ik heb een auto zoals je weet. Je kunt hem zelfs lenen als je wilt…'

Kreugers gelach doet Lisa's stem wegsterven.

'Misschien,' zegt hij als hij uitgelachen is. 'Ik weet het nog niet zeker, maar misschien neem ik je aanbod wel aan. Geld, een auto, ja dat zou zeker helpen. Misschien neem ik jullie wel mee. Of alleen die kleine van je. Nu ik erover nadenk is dat best een goed idee…'

Er verschijnt iets peinzends in zijn ogen en iets wilds in die van Lisa.

'Nee!' valt ze woedend uit. 'Je blijft van mijn dochter af, heb je dat gehoord? Ik…'

Onmiddellijk verdwijnt alle vriendelijkheid uit zijn gezicht.

'Ik doe wat ik wil,' zegt hij op zachte toon. 'En jij zou meewerken, weet je nog? Je zou het me niet moeilijk maken. Daar ga je nu toch niet mee beginnen, hè?'

Zijn blik dwaalt naar Anouk, die haar barbies in bikini op zonnebedjes legt.

'Nee, natuurlijk niet. Sorry, ik liet me even gaan.' Door de schorre, gejaagde klank klinkt haar stem als die van een volslagen onbekende. Iemand die ze liever niet had leren kennen. De Lisa die zo mak als een lammetje met zich laat sollen komt haar als een vreemde voor. Als Kreuger opstaat en haar naar zich toe draait, verwacht ze de spot en minachting te zien die ze voor zichzelf voelt. Ze is niet voorbereid op zijn mededogen en de zachte stem waarmee hij haar toespreekt.

'Dat begrijp ik wel. Denk niet dat ik het niet begrijp, Lisa.'

Merkwaardig dat alleen de klank van haar naam uit zijn mond haar al een huivering kan ontlokken. Het biedt haar hoop terwijl ze hem zou moeten wantrouwen.

'Je doet haar toch niets?' fluistert ze. 'Ze is het enige wat ik heb.'

Achter haar laat Anouk Ken zijn entree maken. 'Wie gaat er mee zwemmen?' vraagt ze met zware stem, en de barbies springen overeind om met Ken in de golven te duiken.

'Ze is ziek,' zegt Lisa zacht. 'Ze heeft een dokter nodig.'

'Ze maakt op mij niet zo'n zieke indruk.'

'Dat is heel verraderlijk. Moet je haar ademhaling horen.'

Alsof ze het belang van het moment aanvoelt, hoest Anouk een paar keer flink.

'Ze heeft toch penicilline,' zegt Kreuger.

'Maar als dat niet genoeg is, moet ze...'

'Dat zien we dan wel weer,' kapt Kreuger haar af. 'Voorlopig gaat het prima met haar. Kijk eens hoe leuk ze speelt.' De vertedering op zijn gezicht gaat over in iets vermoeids en oneindig triests.

Waar denkt hij aan? Wat voor beelden schieten nu door zijn hoofd?

'Mijn dochter had van die roze paardjes,' zegt hij. 'Ze zat ze eindeloos te kammen. Hoe heten die dingen ook alweer?'

'Little Pony's?' vraagt Lisa voorzichtig.

'Ja, zo heetten ze. Little Pony's.'

Snel, een opmerking om het gesprek aan de gang te houden. 'Daar zijn volgens mij alle meisjes gek op. Anouk heeft er ook een paar.'

Kreuger staart voor zich uit in een wereld waar Lisa geen toegang toe heeft, maar waarvan ze zich wel kan voorstellen hoe die eruitziet. Wat kan ze zeggen? Misschien kan ze beter haar mond houden.

Maar daar geeft Kreuger haar geen kans voor.

'Je weet wat er gebeurd is, hè? Wat ik heb gedaan.' Hij kijkt naar haar op en dwingt haar met scherpe blik tot een antwoord.

'Ja.'

'Hoe?'

'Je bedoelt hoe ik dat weet?'

Hij knikt ongeduldig.

Haar bekentenis komt als een fluistering. 'Beneden staat een radio.'

'Dan weet je precies wat voor monster ik ben. Waar ik allemaal toe in staat ben.' Er klinkt een bitterheid in zijn woorden door die niet tot Lisa gericht lijkt, en waardoor ze voorzichtig op het onderwerp door durft te gaan.

'Ik denk dat we allemaal in situaties terecht kunnen komen waarin we onszelf verliezen. Waarin we dingen doen die we normaal gesproken nooit hadden gedaan. Soms drijven de omstandigheden ons ertoe,' zegt Lisa voorzichtig.

'Of mensen.'

'Ja, of mensen.'

Onverwacht schuift hij zijn stoel naar achteren en staat op, zodat ze tegenover elkaar komen te staan. Met moeite bedwingt Lisa de neiging om achteruit te schuifelen en zo de afstand tussen hen te vergroten. Haar hart begint wat sneller te kloppen.

Kreugers gezicht komt heel dichtbij. 'Ben jij weleens in zo'n situatie gebracht?'

'Ik heb geprobeerd mijn ex te vermoorden,' zegt Lisa nauwelijks verstaanbaar.

Nu heeft ze zijn interesse. Hij houdt zijn hoofd iets schuin en kijkt haar strak aan. 'Wat heb je dan gedaan?'

Lisa ontwijkt zijn ogen, maar het is alsof Kreuger haar blik naar zich toe zuigt. Zijn ogen rukken de woorden uit haar los. Nu ze a gezegd heeft moet ze ook b zeggen, met die losse bekentenis komt ze er niet van af.

'Ik heb hem overhoopgereden.'

Kreuger fluit zachtjes. 'Was hij dood?'

'Nee, hij belandde zwaargewond in het ziekenhuis, maar hij heeft het overleefd.'

Er blinkt iets van respect in zijn ogen. 'En, ben je ermee weggekomen?'

Nerveus haalt Lisa een hand door haar haren. 'Ja, ik ben heel hard doorgereden. Er waren geen getuigen. Menno heeft ook nooit geweten dat ik het was die hem aanreed, al had hij wel een vermoeden. Hij kon me zo aankijken als we het over het ongeluk hadden...'

'En toen?'

'Daarna zijn we uit elkaar gegaan,' zegt Lisa eenvoudig. 'Hij begreep dat er een grens bereikt was en dat ik hem de volgende keer echt zou vermoorden.'

'Ja? Zou je het nog een keer proberen?'

'Absoluut.' De wond aan haar hand klopt, haar lip is weer opengesprongen en schrijnt. 'Ik kan heel veel begrijpen en vergeven, maar op een gegeven moment is er een grens bereikt.'

19

Na een kattenwasje trekt Lisa een spijkerbroek en een schoon wit truitje aan. Ze haast zich, want het zit haar niet lekker dat ze Anouk bij Kreuger heeft moeten achterlaten, al is het dan nog zo kort. Met haar vingers kamt ze provisorisch haar haren en dan gaat ze snel de trap af. Op het moment dat haar voet op de laatste trede staat, hoort ze in de verte het gebrom van een auto.

Haar hand klemt zich om de trapleuning en met ingehouden adem probeert ze door het matglas van de voordeur iets te onderscheiden. Is het Menno, of haar moeder?

Laat het alsjeblieft zo zijn, smeekt ze inwendig. Nee, laat het in vredesnaam niet zo zijn!

Tussen hoop en vrees in wacht ze tot Kreuger het geluid opvangt, maar de tussendeur is dicht. Op haar tenen sluipt Lisa naar de voordeur. Door het matglas schemert iets oranjes. Het is de wagen van de postbode. Kan ze daar iets mee? De gedachten razen door haar hoofd. Zolang de deur op slot zit, kan ze helemaal niets. Het is veel te link om door de brievenbus een waarschuwing naar de wat oudere, hardhorende postbode te roepen. Als het zo uitkomt maakt ze een praatje met hem, wat neerkomt op met stemverheffing haar opmerkingen over het weer herhalen.

De TNT-wagen houdt halt voor haar huis en radeloos kijkt Lisa om zich heen. Pen, papier! Ze moet een briefje schrijven, snel!

Te laat, het knarsen van voetstappen op het grind kondigt de komst van de postbode aan. Zijn gestalte duikt op voor de deur, als een reddende engel uit een andere wereld. Onbereikbaar. 'Postbode! Postbode!' roept ze zo hard ze durft door de brievenbus. Ze ziet hem in zijn tas rommelen en ze steekt haar hand door de brievenbus in een nieuwe poging zijn aandacht te trekken. Het volgende moment hoort ze zijn lach en krijgt ze de post in haar hand gedrukt.

De zich verwijderende voetstappen klinken Lisa in de oren als tromgeroffel dat de ondergang van de wereld aankondigt. Háár wereld.

Moedeloos gaat ze naar binnen. Anouk zit aan de eettafel te kleien en Kreuger is een en al aandacht voor haar werk. En vervolgens voor de witte enveloppen in Lisa's hand.

'Post,' zegt hij, op een toon alsof hij met die factor geen rekening heeft gehouden.

De keuken is doortrokken van de geur van tosti's en verse koffie. Het is even na halftwee 's middags. De ochtend is in betrekkelijke rust voorbijgegleden en Lisa merkt dat ze zich wat minder gespannen voelt. De radio staat aan, de gordijnen zijn nog dicht en het is broeierig warm binnen maar de angst dat ze wordt vermoord is iets afgenomen. Niets is zeker in het gezelschap van iemand met psychopathische trekjes, maar op dit moment is het moeilijk voor te stellen dat de man tegenover haar zijn gezin heeft omgebracht. Het beste is om er ook maar niet aan te denken. Iedere keer als haar gedachten de verkeerde afslag nemen, leidt ze ze snel terug naar de volgende morgen. Dan komt de postbode weer.

Anouk besluit dat ze wil vingerverven en even later is ze druk in de weer.

'Emmelie was ook zo gek op die troep.' Kreuger neemt een hap van zijn tosti. 'Als ze er vijf minuten mee bezig was geweest, zat ze helemaal onder. En de tafel, de stoel en de vloer ook.'

Dat beeld ontlokt Lisa een glimlach van herkenning, tot het vervangen wordt door dat van een klein, dood meisje.

Alsof hij haar gedachten raadt, begint Kreuger onverwacht te vertellen. 'Jeffrey was twee en Emmelie vier toen mijn vrouw bij me wegging. Ik wist al een tijdje dat Angelique een ander had, dat wíst ik gewoon.' Zijn stem heeft de defensieve klank van iemand die er op voorhand van uitgaat dat er met scepsis naar hem geluisterd wordt. 'Een man voelt het wanneer hij bedrogen wordt. Toen ik haar ernaar vroeg, wilde ze niet met me praten. Ze verdween gewoon naar boven, zonder een woord te zeggen. Op het moment dat ze me de rug toekeerde, knapte er iets in me. Ik voelde me zo ongelooflijk vernederd dat ik haar achternagerend ben, en ja, toen had ik mezelf niet meer in de hand. Ik heb haar de trap af gegooid. Onder het oog van de kinderen, dat was niet zo best. Maar ik kon niet helder nadenken, het was alsof ik alleen nog uit flarden van mezelf bestond, alsof je maar aan één draadje hoefde te trekken om me uit elkaar te laten vallen. En zij trok voortdurend aan dat draadje.' Hij pauzeert even, en gaat dan verder. 'Angelique had een paar kneuzingen en een hersenschudding. Ze is opgestaan, heeft de kinderen meegenomen naar haar ouders en de volgende dag kwamen haar broer en vader haar spullen ophalen. Ik heb nog geprobeerd met haar te praten, mijn excuses aan te bieden, maar het had geen zin. Ze verdween uit mijn leven, zonder me de kans te geven het goed te maken.' Kreugers stem trilt van verontwaardiging bij de herinnering. 'Het ergste was dat ik mijn kinderen nauwelijks meer zag. Die bezoekregeling was een lachertje, iedere twee weken een paar uurtjes, onder streng toezicht. Het eerste uur stonden mijn kinderen me aan te kijken alsof ik een wildvreemde was die ze ieder moment iets kon aandoen, en tegen de tijd dat ze een beetje loskwamen, nam die bitch die toezicht hield ze weer mee.' Zijn stem trilt nog steeds en in zijn ogen ligt een vreemde glans.

Nauwlettend houdt Lisa hem in de gaten. 'En toen?'

'Mijn leven stortte in, ik heb nog nooit zoveel gejankt. Mijn vrouw weg, mijn kinderen weg en alsof dat nog niet genoeg was werd ik nog ontslagen ook. Ik zat de hele dag thuis met niets dan problemen aan mijn kop. En op een dag zag ik haar. Ze liep door de stad met een andere vent. Ik had dus toch gelijk. Ze had me inderdaad met een ander bedonderd en nu liepen ze daar samen door de stad. Met de kinderen. Zij had Emmelie aan de hand en mijn kleine mannetje huppelde aan de hand van die eikel. Alle stoppen sloegen bij me door, maar ik wist dat ik midden in een winkelstraat niet veel tegen ze kon beginnen. Ik ben naar het huis van die eikel gereden. Het kostte me niet veel moeite om binnen te komen, en daar heb ik ze opgewacht.'

Hij zwijgt even, kijkt naar Lisa om zich te verzekeren van haar aandacht. Die heeft hij. Volledig.

'Wat heb je toen gedaan?' vraagt ze zacht.

'Ik heb ze vermoord,' zegt hij eenvoudig. 'Eerst die lul. Hij ging naar de garage. Ik ben hem achternageglipt en heb zijn hersens ingeslagen. Het was een makkie, hij heeft niet geweten wat hem overkwam. Dat vond ik wel jammer, maar ik kon niet het risico nemen dat het op een vechtpartij zou uitlopen. Dat zou Angelique gealarmeerd hebben.'

'En toen ging je terug het huis in.'

Kreuger knikt bevestigend. 'Ik had gezien dat Angelique naar boven was gelopen. Ik pakte in de keuken een flink mes en liep ermee de trap op. De kinderen waren in de woonkamer, maar via de garage en de bijkeuken kon ik ongezien in de gang komen.' Hij staart voor zich uit en krijgt een bijna dromerige blik in zijn ogen. 'In mijn fantasie had ik haar al zo vaak vermoord. En iedere keer deed ik het heel langzaam, zodat ze zich er goed van bewust was wat ze me had aangedaan, en dat het haar eigen schuld was dat ze zo moest lijden. Maar in werkelijkheid was dat niet mogelijk. De kinderen zaten beneden, ik moest snel zijn.'

Hij zegt het gedecideerd, alsof hij een vervelend huishoudelijk klusje moest opknappen waaraan hij niet kon ontkomen.

'Ze zag me met het mes op haar afkomen en ze begon te gillen, maar ze kwam niet boven het geluid van de televisie beneden uit. En haar gegil verstomde al snel.' Kreugers stem klinkt voldaan.

Lisa probeert niets te laten merken van de huivering die langs haar ruggengraat glijdt. 'En de kinderen?' fluistert ze.

Kreugers blik versombert. Hij kijkt naar haar op met een gezicht waar na al die tijd nog steeds wanhoop uit spreekt. 'Wat kon ik anders doen? Ik wist dat ik niet weg zou komen met die moorden en dat ik voor jaren de gevangenis in zou gaan. Wat moest er van Emmelie en Jeffrey terechtkomen? Zeg nou zelf, wat voor leven gingen ze tegemoet? Hun moeder vermoord, hun vader in de gevangenis en zij van opvanghuis naar opvanghuis. Ik heb ze een dienst bewezen door dat te voorkomen. Ik heb het zo snel mogelijk gedaan. Eén lange haal en het was gebeurd. Ik heb alleen aan hún belang gedacht. Dat heb ik ook geprobeerd uit te leggen aan de rechter, dat ik in het belang van mijn kinderen heb gehandeld, maar hij luisterde niet.'

Weer klinkt er woede door in zijn stem, maar dat duurt maar kort. Een moment later worden zijn ogen dof en klinkt zijn stem vermoeid en oneindig gedeprimeerd.

'Zeg nou zelf, ik kón toch niet anders?' mompelt hij voor zich uit.

Lisa kan hem alleen maar aanstaren. Dat de man die tegenover haar zit zijn vrouw en haar geliefde heeft vermoord is verschrikkelijk, maar hoe hij het heeft klaargespeeld om zijn bloedeigen kinderen de keel door te snijden is onverklaarbaar. Ze kan niet eens beginnen met het zich voor te stellen. Moordenaars denken niet logisch, je kunt niet redeneren zoals zij.

Andere mensen kunnen alleen maar in star afgrijzen proberen te verwerken dat dit soort dingen gebeuren. Het is alsof ze via telepathische weg zijn herinneringen deelt. Ze hoort het gegil, het gesmeek, ze ruikt het bloed...

Het zweet breekt haar uit, haar handen beginnen te trillen en ze haalt snel en oppervlakkig adem. Ze merkt dat Kreuger haar reactie in de gaten houdt en ze probeert haar gezichtsuitdrukking zo neutraal mogelijk te houden.

'Jij weet wat het is,' zegt hij, alsof ze twee verwante zielen zijn. 'Je hebt zelf geprobeerd je man te vermoorden.'

'Dat is niet hetzelfde...'

'O nee? Wat is het verschil?'

Lisa zwijgt.

Kreuger buigt zich iets naar haar toe. 'Je kunt zeker wel op me kotsen? Je vindt me zo'n klootzak dat je niet goed van me wordt. Denk je dat je beter bent dan ik omdat je geen bloed aan je handen hebt? Je vergist je, meid. We zijn precies hetzelfde.'

Nee, dat zijn we niet, denkt Lisa. Dat zijn we helemaal niet, smeerlap. Ik zou mijn dochter nooit iets aandoen. Ik zou haar liever bij Menno achterlaten en nooit meer zien dan dat ik één vinger naar haar uitstak.

Ze zegt geen woord, tot ze Kreugers gezicht steeds strakker en donkerder ziet kleuren. Angst omknelt haar hart.

'Misschien heb je gelijk,' zegt ze zacht. 'Ik heb toch verteld dat ik na Anouks geboorte een postnatale depressie heb gekregen? Die was behoorlijk zwaar. Ik was maandenlang mezelf niet meer.' Ze pakt een korstje van de tosti dat op haar bord is blijven liggen en breekt het nerveus in stukjes. 'Ik kon het niet aan. Het huishouden, het voortdurende gehuil van Anouk, mijn lichaam dat totaal verzwakt was door de zware bevalling...'

Een aanmoedigend knikje van Kreuger helpt haar verder.

'Ik kan het me nu niet meer voorstellen, maar er was een moment dat ik ervan overtuigd was dat Anouk het niet slechter had kunnen treffen dan met mij. Waarom huilde ze anders dag en nacht? Ik vroeg me af waarom ik het in hemelsnaam nodig had gevonden om een kind op de wereld te zetten. Op deze vervuilde, stinkende, slechte wereld waarop ze niets anders deed dan gillen en krijsen. Op een middag vulde het geblèr mijn hoofd tot ik niet meer normaal kon denken. Ik nam alle slaapmiddelen in die in het medicijnkastje lagen en het volgende moment stond ik met een kussen boven de wieg. Ik drukte het net op Anouks gezichtje toen Menno thuiskwam...' Lisa's stem sterft weg. Ze houdt haar ogen op het bord en het verkruimelde broodkorstje gericht om de flits van begrip en herkenning in zijn ogen niet te hoeven zien.

Het blijft stil en uiteindelijk kan ze niets anders doen dan opkijken. Kreuger leunt met een onbewogen gezicht achterover.

'Hij heeft me laten opnemen,' zegt Lisa simpel. 'Geen gedwongen opname, ik ging vrijwillig. Ik wist dat ik het anders nog een keer zou proberen. Pas toen ik genezen was kwam ik naar huis en leerde ik van Anouk te genieten.'

'Dus je had me nog niet het hele verhaal verteld.'

'Het is niet iets om trots op te zijn.'

Kreugers ogen fixeren haar. 'Maar aan een gestoorde crimineel die zijn eigen gezin heeft vermoord kun je het wel vertellen.'

'Zoiets.'

Haar eerlijke antwoord slaat hem alle wapens uit handen. Met hypnotiserende blik kijkt hij haar aan, zo lang dat Lisa er zenuwachtig van wordt, maar opeens grijnst hij. 'We hebben meer gemeen dan ik had gedacht.'

'Ik denk dat heel veel mensen een donkere kant hebben. En dat er maar heel weinig mensen zijn die toegeven hoe dicht ze aan de rand hebben gestaan.'

Kreuger knikt. Hij gelooft het, denkt Lisa. Die idioot denkt echt dat ik geprobeerd heb mijn eigen kind te verstikken.

Er valt een stilte, waardoor het schelle rinkelen van de telefoon klinkt als het ontploffen van een granaat. Lisa vliegt overeind en Kreuger staat zo snel op dat zijn stoel omvalt.

Hij pakt de huistelefoon, die hij met het klipje aan de achterkant aan zijn riem bij zich draagt, en kijkt naar het display.

'Mam,' leest hij hardop voor. 'Oké, gewoon opnemen. En denk eraan, geen toespelingen, geen slimmigheden, geen boodschapjes. Je maakt even een praatje, begrepen? Niet te lang en niet te kort.' Hij overhandigt Lisa de telefoon en voegt eraan toe: 'Zet hem even op de speaker als je wilt. Ik weet dat het onbeleefd is, maar ik luister graag met je mee.'

20

De samenwerking tussen lichaam en geest is een vreemd verschijnsel. Het is bekend dat de geest een sterk zelfhelend vermogen bezit, maar hoe dat precies in zijn werk gaat is nog een groot raadsel. Het heeft in ieder geval te maken met de kracht van je wil, met de intensiteit waarmee je je lichaam onder controle probeert te krijgen.

Als je al half hebt geaccepteerd dat je lichaam je niet gehoorzaamt, hoe groot is dan de kans dat er verandering in je toestand optreedt? Als mensen zichzelf ziek kunnen denken, moeten ze zichzelf ook beter kunnen denken.

Ze houdt haar adem in en concentreert zich zo sterk op ontwaken dat ze er hoofdpijn van krijgt. Dan opent ze haar mond en schreeuwt haar geest een bevel toe met alle lucht die ze in haar longen heeft. Haar schreeuw wordt opgenomen door het water, verdwijnt in de duisternis beneden, en laat haar achter met stilte. Het zwarte gat trekt aan haar, maar Senta verzet zich en schopt naar beneden als een drenkeling op weg naar de oppervlakte.

En dan is ze zomaar opeens boven. Totaal onverwacht schiet ze door het taaie membraan heen dat haar al die tijd van de wereld boven haar heeft gescheiden.

Ze opent haar ogen en kijkt ademloos om zich heen. Kaarten op haar nachtkastje, knuffels aan haar voeteneinde. Foto's, overal hangen foto's aan haar bed. Aan een standaard hangt een tv'tje waarop een belspelletje bezig is. Een stroom goud licht vloeit door het raam naar binnen en zet de kamer in een warme gloed.

Heel voorzichtig, alsof ze hem daarmee onherstelbaar zou kunnen beschadigen, brengt Senta haar hand omhoog en houdt hem in het zonlicht. Een aangename warmte streelt haar huid. Er verschijnen tranen in haar ogen.

Op dat moment komt een vrouw in een witte jas haar kamer binnenlopen. Ze heeft kort, donker haar en een stethoscoop om haar nek, en ze houdt verrast haar pas in als ze naar Senta kijkt.

Het volgende moment staat haar kamer vol artsen en verpleegkundigen. Stralend kijken ze haar aan en ze praten allemaal door elkaar. De vrouwelijke arts met de stethoscoop om haar nek gaat op de rand van het bed zitten, pakt Senta's hand en vraagt hoe ze zich voelt.

Met moeite krijgt Senta er iets uit dat lijkt op 'goed'. Het is nauwelijks verstaanbaar en meer dan een oe-klank is het niet, maar ze lijken haar te begrijpen.

'Ik ben Lilian Reijnders, internist.' De arts kijkt haar met warme, donkere ogen aan. 'U heeft ons een hele tijd in spanning gehouden, mevrouw Van Dijk. Het is goed nieuws dat u bent ontwaakt. Heel goed nieuws!'

'Waar...'

'U ligt op de Intensive Care van het Radboud-ziekenhuis in Nijmegen. U heeft een auto-ongeluk gehad. Kunt u zich dat herinneren?'

Wezenloos kijkt Senta de internist aan. Een auto-ongeluk?

'U bent met uw auto het water in gereden. Gelukkig heeft een voorbijganger het zien gebeuren en u eruit gehaald. Weet u dat niet meer?'

Haar enige reactie is een verbijsterd hoofdschudden.

'Misschien komt dat nog,' zegt dokter Reijnders geruststellend.

Freek, de kinderen, maalt het door Senta's hoofd, maar ze heeft moeite om klanken te produceren. Waarschijnlijk kan dokter Reijnders gedachtelezen, of anders heeft ze een goed inlevingsvermogen want ze glimlacht haar geruststellend toe.

'We zullen uw familie meteen op de hoogte stellen. Intussen gaan we een paar onderzoeken doen om te kijken hoe het met u gesteld is.'

Berustend laat Senta de opeenvolging van activiteiten over zich heen komen. Er wordt gecheckt of ze de controle over haar ledematen terug heeft, ze moet van alles bewegen en aangeven of het pijn doet, er wordt bloed afgenomen en vervolgens rijdt een verpleegster haar met bed en al weg voor een MRI-scan.

Als ze terugkomt in haar kamer zitten Freek en de kinderen op haar te wachten. Zodra haar bed wordt binnengereden, veren ze overeind van de krukjes waar ze op zitten.

'Senta, lieveling!' Freek doet een onbeheerste stap naar voren, aarzelt dan. Hij wacht tot Senta's bed op de juiste plaats is gezet en gaat dan op het randje zitten.

De kinderen blijven staan, bleek en zenuwachtig, met ogen die gespannen op hun moeder gericht zijn. Zo voorzichtig alsof de minste aanraking haar weer in coma kan laten glijden, neemt Freek Senta's hand in de zijne en brengt hem naar zijn lippen. 'We zijn zo ongerust geweest, lieverd. Zo verschrikkelijk ongerust! Goddank dat je bent bijgekomen.'

Senta produceert een bleek glimlachje. Haar man ziet er niet goed uit. Spierwit, met roodomrande ogen en wallen van een blijkbaar doorwaakte nacht.

Teder buigt Freek zich naar haar toe en kust haar zachtjes op de mond. 'Hoe voel je je?'

'Moe,' fluistert Senta.

'Dat zal best. Het is niet niets wat je doorstaan hebt.'

'Je zou zeggen dat je juist lekker uitgerust bent,' zegt Niels gekscherend, wat hem op een elleboogstoot van zijn zus komt te staan.

'Doe normaal,' zegt ze kwaad.

Senta lacht geruststellend naar haar oudste zoon. Wat is die jongen lang, zoals hij daar aan het voeteneinde van haar bed staat. Hij torent boven haar uit, een en al armen en benen. Zijn camouflagekleding en nonchalant achterstevoren gedragen pet kunnen de doorstane emoties goed verhullen, maar zijn moeder houdt hij niet voor de gek.

In een impuls steekt ze haar armen naar hem uit. Niels loopt om het bed heen en slaat zo goed en zo kwaad als het gaat zijn armen om zijn moeder heen. Het heeft iets ongemakkelijks, maar het is ook de eerste knuffel sinds lange tijd. Niels is nooit zo lichamelijk geweest en op haar uitingen van genegenheid reageerde hij altijd een beetje ongeduldig en afwerend.

'Fijn dat je er weer bent, mam,' zegt hij een beetje schor.

Na hem vliegt Denise op haar moeder af. Ze knelt haar armen om haar heen en geeft haar een kus op de wang. 'Weet je wat de dokter zei? Dat je misschien nooit meer wakker zou worden!' Ze richt zich op en veegt over haar ogen.

'Dat heeft ze niet gezegd, dat heb je gelezen op internet,' corrigeert haar vader. 'Ik zei toch dat je je niet te veel moest laten meeslepen door wat je op die sites te lezen kreeg.'

'Maar het had gekund! Mama lag in coma!' roept Denise uit.

Senta wendt zich tot Jelmer, die stilletjes naast zijn vader staat. 'Hé, liefie,' zegt ze zacht. 'Hoe is het met je?'

Zonder een woord te zeggen klimt Jelmer op het bed en kruipt tegen haar aan. Senta schuift iets op en slaat haar arm om haar zoon heen. Ze haalt een hand door zijn donkerbruine haar en kust zijn kruin. De vertrouwde kindergeur maakt herinneringen los aan instoprituelen voor het slapengaan, een laatste knuffel, knellende armen om haar nek en veel natte zoenen.

Hoe is het mogelijk dat ze haar gezin vergeten was? Hoe ver was ze van hen verwijderd geraakt dat dat gebeuren kon?

'Maak je maar geen zorgen,' zegt ze terwijl ze hen een voor een aankijkt. 'Ik ben er weer en alles is prima.'

Met de voorzichtigheid van iemand die daar nog niet van overtuigd is, strijkt Freek een lok haar van haar voorhoofd. 'Kun je je herinneren hoe het ongeluk is gebeurd? Wat had je in hemelsnaam op die dijk te zoeken?'

'Ik weet het niet... Het enige wat ik me herinner is dat ik op de terugweg was van een interview in Oss. En toen...' Ze denkt een moment diep na. 'Toen werd het opeens erg mistig. Ja, dat weet ik nog. Ik belandde op een rotonde en kon de borden niet goed lezen. Ik moet de verkeerde afslag genomen hebben.'

'Maar waarom reed je zo hard in die mist? Dat is helemaal niets voor jou. Je bent altijd zo voorzichtig.'

Verbaasd kijkt Senta hem aan. 'Reed ik hard?'

'Volgens een getuige reed je onverantwoord hard, mam,' zegt Niels. 'En die man kan het weten, want hij heeft het zien gebeuren.'

'Als die man daar niet toevallig met zijn hond had gelopen...' Freek maakt zijn zin niet af maar schudt kort zijn hoofd, alsof hij verdere gedachten wil verdrijven.

Een onbehaaglijk gevoel bekruipt Senta. Het is alsof ze het hebben over een film die ze allemaal kennen, waarin zij de hoofdrol speelt maar waar ze zich niets van kan herinneren.

'Wat is er precies gebeurd?' vraagt ze onzeker.

'Weet je dat echt niet meer, mam?' roept Denise verbijsterd. 'Je bent het water in gereden! Je was bijna verdronken!'

Met een gezicht alsof hij zich bijna niet kan voorstellen dat zijn moeder aan zoiets gruwelijks heeft blootgestaan, gaat Jelmer rechtop zitten. 'Dat lijkt me zo eng,' zegt hij zacht.

Het is alsof ze een klap op haar hoofd krijgt. Verdronken... Vandaar dat ze aldoor het gevoel had dat ze boven water moest zien te komen. Ze is de vaart in gereden, bijna verdronken, en ze kan zich er niets van herinneren.

'Wie... Hoe...'

'Die man die het zag gebeuren heeft je eruit gehaald,' zegt Denise behulpzaam.

Met stevige, cirkelende bewegingen masseert Senta haar voorhoofd. 'Ik weet er niets meer van. Helemaal niets.'

Even is het stil.

'Dat maakt toch niet uit,' zegt Freek ten slotte geruststellend. 'Het voornaamste is dat je het hebt overleefd, en dat je er niets aan over hebt gehouden.'

Dat moeten ze nog maar afwachten, en als hun ogen elkaar vinden, beseffen ze dat beiden. Maar met het oog op de kinderen spreken ze die gedachte niet uit. Ze leeft, ze herkent haar gezin en ze kan praten en zich bewegen. De rest ligt in de toekomst.

'Volgens mij mag je blij zijn dat je je er niets van kunt herinneren,' merkt Niels op. 'Dat bespaart je waarschijnlijk heel wat nachtmerries. En dan had het licht weer de hele nacht aan gemoeten.'

Iedereen begint te lachen, ook Senta. Een paar maanden geleden heeft ze zich laten overhalen om naar een horrorfilm te kijken, en het duurde weken voor ze weer zonder licht durfde te slapen.

De sfeer wordt wat meer ontspannen, de kinderen praten

door elkaar heen en maken grapjes. Jelmer komt van het bed af en onderwerpt de katheter en de monitoren naast het bed aan een grondig onderzoek. Freek neemt snel zijn plaats in naast Senta en streelt onophoudelijk haar hand.

Senta zegt niet veel. Ze kijkt, luistert en geniet. Het bezoek van haar gezin put haar uit, maar ze bijt liever haar tong af dan dat ze dat zegt.

Niels heeft gelijk, denkt ze. Het is waarschijnlijk beter dat ik me niets van het ongeluk kan herinneren. Het is genoeg om een trauma aan over te houden.

Maar dwars door die wetenschap heen dringt een heel ander gevoel zich aan haar op. De niet te negeren indruk dat het beter was als ze zich het ongeluk wél kon herinneren. En de reden waarom ze zich op die plaats bevond en zo onverantwoord hard reed.

21

Met onvaste stem neemt Lisa op. 'Hoi, mam.'

'Dag lieverd, met mij,' zegt haar moeder, nogal overbodig. 'Hoe is het met je?' Haar stem klinkt ontspannen, duidelijk gericht op een gezelligheidspraatje waar ze alle tijd voor heeft.

Lisa ziet haar voor zich, in het hoekje van het rode bankstel, een kop thee binnen handbereik.

'Goed hoor,' zegt ze. 'Anouk is een beetje ziek.'

Ze weet niet waarom ze dat eraan toevoegt, misschien omdat ze dat normaal gesproken ook gezegd zou hebben. Maar een seconde later kan Lisa haar tong wel afbijten. Haar moeder begint meteen ongerust te informeren en stelt voor om langs te komen.

'Echt mam, het valt wel mee. Maar ze hoest, dus ik hou haar voor de zekerheid binnen.'

Haar moeder moet beamen dat dat het verstandigst is. 'Dus

ik hoef niet langs te komen? Ik doe het graag hoor, dat weet je. En jij moet toch ook af en toe de deur uit voor een boodschap of zo.'

'Dan neem ik haar mee of laat haar even thuis. Daar ze is groot genoeg voor.'

'Dat ben ik niet met je eens, Lisa,' zegt haar moeder beslist. 'Vijf jaar lijkt misschien heel wat, maar het is niet verantwoord om haar alleen thuis te laten. Dat doe je toch niet echt, hè?'

Onder andere omstandigheden zou Lisa de discussie wel aangegaan zijn, maar nu lijkt het haar beter om snel toe te geven. 'Nee, dat doe ik niet. Je hebt gelijk, mam. Er kan van alles gebeuren.'

Tegenover haar legt Kreuger zijn armen op tafel en grijnst breed. Lisa negeert hem en luistert met een half oor naar haar moeder, die gewoon verder praat.

'Misschien kom ik later deze week nog wel even aanwippen. Ik zie wel. Of komt Menno nog langs?'

Lisa haalt diep adem en dwingt zichzelf niet naar Kreuger te kijken. 'Dat weet ik niet,' zegt ze zo nonchalant mogelijk. 'Hij heeft het druk.'

'Hij heeft andere verplichtingen, bedoel je zeker.' De stem van haar moeder klinkt opeens bitter en Lisa weet wat er komen gaat.

'Mam, ik moet nu ophangen, ik verwacht zo bezoek. Het is een rommeltje hier en ik moet de was nog doen...' zegt ze.

'Wie komt er dan?'

'Een vriendin van me. Je weet wel, Julia.'

'O,' zegt haar moeder afkeurend. 'Zij kan wel langskomen en je eigen moeder...'

'Ik ga nu ophangen,' zegt Lisa meteen. 'Ik zie je later deze week wel, oké? Maar bel dan eerst even.'

Haar moeders uitroep dat ze haar kleindochter nog even aan

de telefoon wil wordt gesmoord zodra Lisa de telefoon uitdrukt.

Kreuger vloekt. 'Waarom hang je zo abrupt op? Straks komt dat mens nog hiernaartoe.'

Op geruststellende toon legt Lisa uit dat ze dat juist heeft voorkomen door te zeggen dat haar vriendin Julia op bezoek komt. Haar moeder en Julia kunnen absoluut niet met elkaar overweg.

'En als Anouk aan de telefoon was gekomen had ze zich beslist versproken,' voegt ze eraan toe.

Die informatie moet Kreuger even op zich laten inwerken, maar dan knikt hij instemmend. 'Oké, goed gedaan.'

'Ik zei toch dat ik zou meewerken.'

'Heel verstandig van je.'

'Maar wat staat daar tegenover?' wil Lisa weten, alsof ze in de positie is om eisen te stellen. 'Ik bedoel, ik zou graag willen weten waar ik aan toe ben. Hoe lang je hier denkt te blijven, bijvoorbeeld.'

'Hoezo, ben je mijn gezelschap nu al zat?' Kreuger leunt over tafel naar voren en kijkt haar onderzoekend aan. 'Dat valt me van je tegen, Lisa. Ik dacht dat we het best gezellig hadden.'

'Jawel, maar...'

Met een snelle beweging komt Kreuger overeind en trekt Lisa van haar stoel. Hij is opeens zo angstaanjagend dichtbij dat ze de moordlust in zijn ogen kan zien.

'We hebben het ook gezellig,' zegt ze snel. 'Echt! Ik denk dat we heel wat met elkaar gemeen hebben. Toch?'

Als ze niet zo bang was, zou het boeiend zijn om de transformatie te bestuderen in zijn houding: van agressief naar enigszins hulpeloos.

'Ik hield van haar,' zegt hij moeizaam. 'En weet je, jij lijkt precies... Jij lijkt precies...'

Tot haar ontzetting brengt Kreuger zijn gezicht langzaam

naar het hare. Zijn mond komt dichterbij, veel te dichtbij. Zijn donkere gemillimeterde haar, de stoppels op zijn kin en zijn onzuivere, wat vette huid vullen haar hele blikveld. Zijn geur dringt haar neusgaten in, verspreidt zich en maakt haar misselijk.

Opeens voelt ze zijn handen op haar lichaam. Eerst alleen op haar schouders, maar in een vloeiende beweging glijden ze af naar beneden, naar haar borsten, waar ze een moment blijven rusten voor ze knedende bewegingen beginnen te maken.

Het is alsof ze poedelnaakt in de keuken staat, in één keer ontdaan van al haar gevoel voor eigenwaarde. De adrenaline giert door haar lichaam, spoort haar aan hem van zich af te duwen, een knietje in zijn kruis te geven, haar vingers in zijn ogen te steken.

In plaats daarvan blijft ze roerloos staan, verstijfd van afschuw. Wie had ooit gedacht dat ze in een positie zou komen waarin ze zou toestaan dat een vreemde zijn hand onder haar truitje stak en haar borst uit haar bh-cup zou trekken. Tegelijk voelt ze zijn andere hand haar achterste pakken en tegen zijn kruis aan trekken. Zijn mond daalt af naar haar hals, verplaatst zich dan naar die van haar.

In een reflex perst Lisa haar lippen op elkaar, maar hij dwingt ze uiteen met zijn tong, die hij vervolgens zo ver naar binnen steekt dat ze bijna kokhalst. Haar hele lichaam verzet zich en opeens kan ze het niet langer opbrengen hem zijn gang te laten gaan.

'Nee!' Met een gesmoorde kreet duwt ze hem van zich af.

Waakzaam kijkt hij haar aan, als een roofdier dat zich afvraagt of zijn prooi werkelijk het lef heeft om terug te vechten. 'Wat nou nee. Zeg nou niet dat je het niet wilt.'

'Dat... dat is het niet,' zegt ze moeizaam. 'Alleen... hier in de keuken, met Anouk zo dichtbij...'

Er valt een stilte.

‘Ik snap het.’ Kreugers geruststellende stem maakt duidelijk dat hij de kwaadste niet is. ‘Geen probleem. Dan gaan we toch even naar boven.’

22

Hij zet een stoel onder de klink van de slaapkamerdeur. Om te voorkomen dat Anouk onverwacht binnenkomt, zoals hij verklaart. Hij kan zich voorstellen dat Lisa dat geen prettig idee vindt. Zelf vond hij het ook altijd vervelend om door zijn kinderen betrapt te worden.

Lisa durft niet te lang naar de stoel te kijken. Ze kan hem opzijgooien, de deur opentrekken en ervandoor gaan.

En dan? Ze kan nergens naartoe en Kreuger is vastbesloten seks met haar te hebben. Als ze daar nog aan twijfelde maakt de erectie die door de stugge stof van zijn spijkerbroek zichtbaar is daar een einde aan.

Wat zou er gebeuren als ze zich verzet? Waarschijnlijk zal hij zich op haar tegenstribbelende lichaam uitleven, woedend door haar protest en gehuil. Misschien wurgt hij haar wel, net als de vrouw die gisterochtend het ongeluk had zijn pad te kruisen. Ze kan het zich niet veroorloven de man tegenover haar kwaad te maken.

Op een paar passen afstand slaat Kreuger haar gade. 'Trek dat truitje eens uit.'

Lisa verroert zich niet.

'Hoor je me niet? Ik zei, trek dat truitje eens uit.' Kreuger gaat op het stoeltje van haar toilettafel zitten en wacht.

Hij wil een striptease, schiet het door Lisa heen. O mijn god, dit gebeurt niet echt...

Traag trekt ze het katoenen witte truitje over haar hoofd. Ze draagt er een T-shirtje onder, dat ze na een hoofdbeweging van Kreuger eveneens langzaam uittrekt. Dan staat ze voor hem in haar spijkerbroek en bh, een van wit kant die hem zo te zien ontzettend opwindt. Zijn mond valt een stukje open en er verschijnt een flikkering in zijn ogen.

'Volgens mij heb jij heel mooie tieten,' zegt hij zacht.

Ze moet zich dwingen om niet haar T-shirt tegen zich aan te drukken. Om de verleiding te weerstaan laat ze het op de grond vallen.

Kreuger leunt achterover. Hij lijkt niet van plan om naar haar toe te komen. Houden zo, vooral lekker blijven zitten.

'Je vindt jezelf zeker wel mooi?' zei hij. 'Vooral als je in een strak truitje rondloopt en alle mannen naar je tieten kijken. Dat vind je zeker leuk?'

'Ja,' bevestigt Lisa.

Daar heeft hij niet van terug.

'Iedere vrouw vindt het leuk als er naar haar gekeken wordt. Het is een compliment,' zegt ze op verdedigende toon.

Op Kreugers gezicht verschijnt een uitdrukking alsof haar opmerking heel nieuwe inzichten bij hem opent. 'Ja, dat zal wel. Dat vinden ze leuk. Zelfs als ze nagefloten worden of er seksistische grappen worden gemaakt. Dan lopen ze met een hooghartige bek door, maar diep in hun hart vinden ze het leuk.

Als je ze niet nafluit zijn ze zelfs beledigd. Zo dubbel is de moraal bij vrouwen. Er is geen peil op te trekken.'

Waarom voeren ze dit gesprek? Gaat hij haar dan niet verkrachten? Wilde hij haar alleen maar bang maken? Nee, zijn ogen zijn nog steeds gefixeerd op haar borsten.

Langzaam komt Kreuger op haar af.

'In deze kamer is Anouk geboren,' zegt Lisa met een knikje naar het bed. 'Het was een verschrikkelijke bevalling. Daarom is er ook geen tweede kind gekomen, ik wilde die martelgang nooit meer doormaken.'

Lisa doet alsof ze niet ziet dat Kreuger zijn wenkbrauwen fronst. Alsof ze hem een groot geheim toevertrouwt dempt ze haar stem. 'De vroedvrouw had een beoordelingsfout gemaakt. Ik had eigenlijk naar het ziekenhuis gemoeten, maar daar was geen tijd meer voor. Gelukkig heb ik de schaar niet gezien waarmee ze me openknipte. Maar Menno wel, hij stond ernaast. Hij viel bijna flauw. Kun je je dat voorstellen? Dat ze je vagina gewoon openknippen? En toen schoof ze er een vacuümpomp in en trok ze Anouk uit me. We hadden tapijt liggen, maar dat hebben we later weggehaald. Het was doorweekt met bloed.'

Ze kijkt naar de grond, alsof ze dwars door het laminaat het bloed nog ziet liggen, en ze proeft de voldoening dat ook Kreugers blik naar beneden wordt getrokken.

'Ik kon wekenlang nauwelijks lopen,' vertelt Lisa. 'Plassen deed ontzettend pijn en vrijen ging natuurlijk helemaal niet meer. Ik zat vol hechtingen. Menno had ook heel lang geen zin in seks. Hij zei: "Als je eenmaal een vagina in die staat hebt gezien, vergaat alle lust je."'

Kreugers gezicht vertrekt van weerzin.

'Hoe waren de geboorten van jouw kinderen?' informeert Lisa.

'Heel gemakkelijk. Angelique poepte ze eruit en een week later hadden we weer seks.'

Zijn lichaam komt dichterbij, ze ruikt zijn geur.

'Echt waar?' Lisa doet een stapje naar achteren en leunt met haar rug tegen de deur van de klerenkast. 'Het is niet eerlijk verdeeld in de wereld. Waarom moet de ene vrouw zoveel pijn lijden en vallen de kinderen er bij de andere vrouw zo uit? Maar goed, ik ben allang blij dat ik in deze tijd leef. Vroeger stierven veel vrouwen in het kraambed.'

'Kun je niet twee seconden je mond houden?' Hij komt vlak voor haar staan, legt zijn handen op haar borsten en knijpt erin.

Met een scherp geluid houdt Lisa haar adem in. Blijkbaar vat hij dat op als een uiting van genot want hij knijpt nog wat harder. Dan verplaatst hij één hand naar haar billen en trekt haar tegen zich aan. Ze voelt zijn geslacht groeien en een aanval van misselijkheid overvalt haar.

'We gaan er samen een feestje van maken,' fluistert hij in haar oor. 'Jij en ik, hoe lijkt je dat? Volgens mij is het eeuwen geleden dat je eens goed geneukt bent.'

Zijn mond daalt af naar haar rechterborst.

Lisa zoekt een punt ergens boven Kreugers hoofd en ontsnapt naar buiten. Naar de toppen van de hoge bomen in de verte, hun verkleurende kruinen zacht wiegend in de wind.

Dit gebeurt niet echt, dit gebeurt niet echt, herhaalt ze in gedachten als een mantra.

Met een onsmakelijk geluid maakt Kreuger zich los van haar borst en knikt naar het bed. 'Ga liggen,' zegt hij.

23

De nachten hebben iets bijzonders. Wakker liggen als alle geluiden zijn verstomd en het grootste deel van het ziekenhuis in diepe rust is. Vroeger, vóór het ongeluk, werkte Senta vaak 's nachts, of in ieder geval 's avonds laat. Dan werd ze niet gestoord door rinkelende telefoons, collega's die iets kwamen vragen, gesprekken om haar heen. Het was onmogelijk om haar artikelen op het werk te schrijven. Ze bewaarde haar creativiteit tot 's avonds laat, als de kinderen in bed lagen en Freek onderuitzakte op de bank om een film te kijken. Dan lag de nacht als een beschut, donker waas om haar heen.

Nu is er niets veiligs aan de duisternis die vanuit de gang op haar af sluipt. De stilte die hij met zich meebrengt bevalt haar evenmin. Afleiding heeft ze nodig, geluiden, stemmen, alles wat voorkomt dat haar bewustzijn verslapt en die peilloze diepte onder haar zich weer opent.

Ze weet dat het onzin is, dokter Reijnders heeft haar verzekerd dat de testuitslagen er goed uitzien, maar de angst houdt haar toch wakker.

Senta draait haar hoofd naar de baan licht die uit de gang haar kamer binnenvalt. Ze is moe, doodmoe. Nadat Freek en de kinderen zijn weggegaan, werden de onderzoeken hervat. De hele avond door. En nu, op het moment dat ze eindelijk alleen is met haar gedachten, storten die zich over haar heen als een waterval.

'Wat kun je je nog herinneren van de dag dat je het ongeluk kreeg?' heeft dokter Reijnders gevraagd.

Ze kan zich alles herinneren. Alles, behalve het ongeluk zelf. De file op de heenweg, de idioot van een automobilist die niets anders deed dan aan haar bumper hangen, haar irritatie daarover. Ze was expres zachter gaan rijden, en toen de man haar rechts wilde inhalen gaf ze gas, zodat hij vastliep op het langzaam rijdende verkeer op de rechterbaan. Ze had in haar achteruitkijkspiegel gezien dat de automobilist er niet meer in slaagde om op de drukke linkerbaan te komen, en ze herinnert zich het voldane gevoel waarmee ze verder was gereden.

Ze had het Alexander verteld en hij had er smakelijk om gelachen. 'Dat doe ik ook altijd als ze me proberen op te jagen. Lekker een beetje sarren. Ik wist niet dat vrouwen dat ook deden.'

Dat had ze seksistisch gevonden en ze had een banaan, het minst schadelijke voorwerp binnen handbereik, naar zijn hoofd gegooid. Hij had hem lachend opgevangen en als een pistool op haar gericht. 'Geef je over of je straf zal verschrikkelijk zijn!'

Ze was weggerend en hij ging haar achterna, het hele huis door, tot in de slaapkamer waar hun stoeipartij eindigde in de beste seks sinds tijden.

Dat herinnert ze zich allemaal nog. Ook haar gevoelens van schaamte en schuld toen ze halverwege de middag in haar auto wegreed, terug naar Freek en de kinderen. Ze wist dat haar verhouding met Alexander ooit zou uitkomen, en iedere keer nam ze zich voor ermee te stoppen om het grote drama dat haar wachtte te voorkomen. En iedere keer wist ze dat ze weer een volgende afspraak zou maken.

In het begin slaagde ze er nog in haar gevoelens voor Alexander in bedwang te houden. Na hun eerste ontmoeting, toen ze alleen nog maar gezoend hadden, hield ze verder contact af, bang om iets in gang te zetten waar ze de controle over zou verliezen. Dat vond ze, controlefreak die ze was, geen prettig vooruitzicht. Maar terwijl ze voorheen haar leven altijd gewaardeerd had met een dikke acht, verloor het zonder Alexander opeens iets van zijn glans en kwam ze met moeite op een zesje uit.

Freek had het gemerkt. Natuurlijk merkte hij het, hij kende haar zo goed. Na twintig jaar huwelijk krab je het behang niet meer van de muur van verlangen naar je wederhelft, maar eens in de drie, vier maanden seks was wel erg weinig. Zij miste het niet, maar Freek werd er chagrijnig van.

Hun relatie naderde een dieptepunt toen ze op het punt stonden om naar een feestje te gaan. Ze had een nieuw rokje onder een laag uitgesneden truitje aan, en een bijpassende ketting. Ze had veel aandacht besteed aan haar schouderlange donkerbruine haar, waar ze krullers in had gezet zodat het wat meer volume kreeg. Freek hield niet van lagen make-up en zijzelf evenmin, maar het kostte evengoed nog een dik kwartier om er naturel uit te zien. Heel tevreden met haar uiterlijk kwam ze de trap af.

'Ben je eindelijk klaar?' zei Freek en hij pakte de feestelijk verpakte fles wijn van tafel.

Toen een complimentje uitbleef, liep Senta langs hem heen naar de woonkamer en streek voor de spiegel haar dikke donkere haar naar achteren. 'Goh, Senta, wat zie je er goed uit,' zei ze.

Iets in haar stem deed Freek opkijken en beschuldigend keek

ze terug. 'Weet je dat je me nooit een complimentje geeft? Dat je nooit eens zegt dat ik er mooi uitzie?'

'Je ziet er altijd mooi uit.'

'Maar het is ook weleens leuk om dat te horen!'

Met pretlichtjes in zijn ogen keek Freek haar aan. 'Goh liefje, wat zie je er mooi uit.'

Een beetje wrokkig haalde ze haar schouders op, liep naar de gang en trok haar jas aan.

'Hé, nou geef ik je een complimentje en nu is het weer niet goed!'

'Je moet nog even werken aan je spontaniteit,' snauwde Senta.

'Iedere keer als ik jou een complimentje wil geven begin je te zeuren dat ik je nooit een complimentje geef, en daarna ben ik niet meer spontaan. Wat wil je nou?'

'Ach man,' reageerde Senta geërgerd. 'Wat jou betreft kan ik net zo goed in een tuinbroek en met een bloempotkapsel meegaan.'

'Dan ben je nóg mooi,' zei hij lief.

Hij bedoelde het goed. Dat was het probleem, hij bedoelde alles goed, maar hij voelde niet aan wat ze miste in hun relatie. Misschien wel de vonk die dit soort strijdpunten voorkwam.

Het is vreemd om een stukje van je geheugen kwijt te zijn. Al is het nog zo klein, het is wel het meest cruciale moment van haar leven. Ze had dood kunnen zijn. Ze heeft gedacht dat ze ging verdrinken, ze is in paniek geweest en heeft doodsangst gevoeld. Of was ze meteen bewusteloos en heeft ze er niets van gemerkt dat de auto vol water liep en zonk? Is dat de reden dat ze zich het ongeluk niet kan herinneren?

Het idee van de zinkende auto doet Senta huiveren. Niels had gelijk, ze mag dankbaar zijn dat ze er niets meer van weet.

Zou Alexander weten dat ze in het ziekenhuis ligt? Er staat

geen telefoon op haar kamer en haar mobieltje is natuurlijk reddeloos verloren. Naast het nadeel van alle nummers die daarmee verloren zijn gegaan, heeft het ook een voordeel: niemand kan haar ingesproken berichten en sms'jes achterhalen. En Alexanders nummer kent ze uit haar hoofd.

Morgen zal ze Freek vragen een nieuw mobieltje voor haar te kopen. Terwijl ze langzaam in slaap sukkelt dringt de ironie van dat voornemen nog net tot haar door.

24

Er is iemand binnengekomen. Ergens ver weg in haar dromen hoort Senta het gerammel van een karretje en het gedempte gepraat van de verpleegsters op de gang. Langzaam verlaat ze de droomwereld waarin ze ronddoolde in de mist, en keert ze terug naar de werkelijkheid.

In het glazen kamertje van de verpleging brandt licht. Monitoren lichten op, maar rond haar bed is het donker. Om haar heen klinkt het gepiep van apparaten.

Krampachtig sluit Senta haar ogen. Om redenen die ze niet begrijpt wil ze terug naar haar droom. Ze weet niet precies meer waar hij over ging, de beelden zijn vervlogen, maar het gevoel van onbehagen dat hij haar bezorgde niet. De vele onzichtbare draden van haar bewustzijn houden het krampachtig vast, alsof ze met alle geweld haar aandacht ergens op willen vestigen.

Het leven in het ziekenhuis komt langzaam op gang en

maakt de kans dat ze weer in slaap valt en verder kan dromen met de minuut geringer. Ten slotte legt Senta zich erbij neer dat de dag is begonnen.

'Goedemorgen!' Dokter Lilian Reijnders komt glimlachend aan haar voeteneind staan. 'Hoe voel je je vandaag? Goed geslapen?'

Senta glimlacht terug. 'Ja, heel goed. Een beetje warrig gedroomd, maar ik ben wel uitgerust.'

'Mooi zo.' Dokter Reijnders kijkt op haar status. 'Ik heb goed nieuws, de laatste testen zien er ook allemaal prima uit. Ik denk dat we je wel snel kunnen laten gaan.'

'Mag ik naar huis? Wanneer?'

'Laten we het nog even aankijken.' Dokter Reijnders neemt plaats op een krukje naast Senta's bed. 'Verdrinkingsslachtoffers die geen water hebben geaspireerd kunnen we meestal na een dag wel laten gaan, maar jij bent bewusteloos geweest. Volgens je redder raakte je kort voor hij je boven water haalde buiten bewustzijn, want toen voelde hij je verslappen. Maar op het moment dat je bewusteloos raakt, gaat je mond open en stroomt er water in je longen. Dat laatste hebben we niet kunnen constateren, maar een minieme hoeveelheid is al genoeg om ARDS te veroorzaken.'

'ARDS?'

'Acute Respiratory Distress-Syndroom; een gevaarlijke infectie die zich tot achtenveertig uur na de verdrinking kan openbaren. De kans dat dat nu nog gebeurt is niet groot, maar ik houd je liever nog een dagje hier.' Dokter Reijnders neemt Senta onderzoekend op. 'Hoe is het trouwens met je geheugen? Kun je je nog steeds niets van het ongeluk herinneren?'

'Nee, helemaal niets.'

'Hmm, dan is de kans dat dat nog komt niet zo heel groot. Niet dat het erg is, hoor,' haast ze zich te zeggen. 'Het komt heel vaak voor dat iemand na een zware klap of zuurstofgebrek de toedracht van het ongeluk kwijt is. Soms is dat een paar minuten, soms ook een uur of langer. We noemen dit retrograde amnesie.'

'Dus dat uur ben ik voorgoed kwijt?'

'Dat is mogelijk,' zegt dokter Reijnders met een knikje. 'Maar als je nagaat hoeveel geluk je hebt dat het ongeluk verder zonder schadelijke gevolgen is gebleven, zou ik me daar maar niet druk over maken.'

'Nee,' beaamt Senta. Maar als de dokter na een ferme handdruk verdergaat met haar ronde, ligt ze nog lange tijd naar het plafond te staren.

's Middags wordt ze overgebracht naar medium care. Als Freek langskomt is ze net geïnstalleerd op een zaaltje met nog drie patiënten.

'Ik heb een hele speurtocht moeten houden!' Met een brede lach komt hij haar kamer in, een bos bloemen en een paar tijdschriften in zijn handen. Hij buigt zich naar Senta over en kust haar op de mond. 'Dag lieverd, hoe voel je je?'

'Eigenlijk best goed. Ik zou wel naar huis willen.' Ze neemt de tijdschriften in ontvangst en stopt haar neus in de bos bloemen. Zonnebloemen zijn het, fris en fleurig, op stevige stelen. 'Wat prachtig! Dank je. Dat zal die saaie kamer een beetje opfleuren.'

'En daarna neem je ze gewoon mee naar huis.' Freek komt naast haar zitten en Senta schuift een beetje op zodat hij meer ruimte heeft. Hij slaat zijn arm om haar heen en trekt haar dicht tegen zich aan. Zo zitten ze geruime tijd, zonder een woord te zeggen.

Uiteindelijk verbreekt Freek als eerste de stilte, en zijn stem klinkt een beetje schor. 'Jezus, Senta, ik dacht echt dat ik je kwijt was.'

'Ja...' zegt ze zacht.

'Ik heb zoveel nagedacht. Over jou en mij, over hoe vanzelfsprekend alles lijkt. Je relatie, je gezin, met z'n tweetjes 's avonds nog even de dag doornemen met een glaasje wijn...' Hij draait een lok van Senta's haar om zijn vinger, iets wat ooit een gewoonte van hem was maar wat hij al in geen jaren meer heeft gedaan. Ook het glaasje wijn 's avonds kwam de laatste tijd niet meer zo vaak op tafel als vroeger, laat staan de gesprekken. Maar ze begrijpt wat hij bedoelt, dat hij zich er ook van bewust is dat er sluipenderwijs iets veranderd is in hun relatie.

'Ik vond de kinderen zo groot geworden, maar opeens waren ze toch nog wel erg... kind,' zegt Freek. 'Het ene moment geven ze je een grote mond en het volgende moment zitten ze alle drie tegen je aan gedrukt te huilen.' Hij zwijgt, staart voor zich uit en kijkt dan van opzij naar haar. 'Dit had zomaar het einde van ons gezin kunnen zijn. Van mijn leven. Als jij was verdronken, zou mijn leven verwoest zijn, Senta.'

Zijn stem klinkt zo ernstig, zo oprecht. Opeens herinnert ze zich glashelder het moment waarop ze verliefd op hem werd. Ze studeerden beiden aan de School voor Journalistiek. Van het begin af aan waren ze goede vrienden. Ze zaten in hetzelfde vriendenclubje dat nauw met elkaar optrok, ze werkten vaak samen en hielpen elkaar met opdrachten. Maar de vonk sloeg pas over op een feest, vlak voor hun afstuderen. Tot dan toe had ze Freek een leuke jongen gevonden, een goede vriend, meer niet. Maar op dat feest werd ze zich er voor het eerst van bewust hoe vrolijk hij was, dat hij altijd vol verhalen zat en dat ieder gezelschap opleefde als Freek zich erbij aansloot. Hij was zeker niet de knapste jongen van de school, maar toch wist hij zich altijd verzekerd van ruime aandacht van de vrouwelijke studenten. Die avond was hij nogal klef met Mirjam, een meisje dat Senta oppervlakkig kende. Ze zag hen staan, met de armen om elkaar heen, ze zag de verliefde blik waarmee Mirjam naar Freek opkeek, en een felle jaloezie joeg door haar heen. Op dat moment wist ze dat ze Freek voor zichzelf wilde, en ze maakte er dezelfde avond nog werk van. Ze verleidde hem. Freek wist niet wat hem overkwam, maar ging er zonder reserves op in. Mirjam zag hij niet meer staan, en toen hij Senta 's avonds naar haar studentenflat bracht, bekende hij dat hij gedurende de hele opleiding al smoorverliefd op haar was. Om hun vriendschap niet in gevaar te brengen, was het nooit tot een bekentenis gekomen. Dat Senta zijn gevoelens bleek te beantwoorden, maakte hem onnoemelijk gelukkig.

'Waar denk je aan?' klinkt Freeks stem dicht bij haar oor.

'Aan die ene feestavond en onze eerste kus.'

Freek lacht bij de herinnering. 'De mooiste avond van mijn leven. Ik herinner me ieder uur van die avond, weet je dat? Vanaf dat moment is mijn leven eigenlijk pas echt begonnen.'

Het klinkt theatraal, maar Senta weet dat hij het meent. Voor Freek is ze altijd het middelpunt van zijn leven geweest, en al werd ze op een gegeven moment een wat al te vanzelfsprekend middelpunt, aan zijn liefde voor haar heeft ze nooit hoeven twijfelen.

'Je moet altijd zorgen dat je niet méér van je man houdt dan hij van jou,' zei haar moeder altijd. 'Dat maakt je afhankelijk en ongelukkig, en dat is geen enkele man waard.'

Ze heeft er alleen niet bij gezegd hoe vermoeiend het is om voortdurend heen en weer geslingerd te worden tussen periodes van twijfel en van zekerheid.

'Hoe hebben jullie het thuis geregeld?' vraagt ze nu. 'Nijmegen is wel een flink eind rijden.'

'We logeren een paar nachtjes bij Anke. Ze wilde bij je op bezoek komen.' Met een blik van verstandhouding kijkt Freek haar aan.

'Nog maar even niet. Voorlopig wil ik alleen jou en de kinderen zien.' Senta heeft totaal geen behoefte aan haar drukke nicht, en evenmin aan andere familieleden. 'Heb je het mijn vader verteld?' vraagt ze plotseling.

'Nee, ik heb maar even gewacht. Met zijn hartklachten... Dat ben je toch wel met me eens?'

'Ja, natuurlijk.'

Freek stapt van het bed af en geeft haar een kus. 'Ik moet gaan. Vanavond kom ik terug met de kinderen. Kan ik nog iets voor je meebrengen?'

'Ja...' Senta durft hem nauwelijks aan te kijken. 'Zou je een nieuw mobieltje voor me kunnen regelen?'

25

Het lukt haar niet om controle te krijgen over haar slappe benen en naar het bed te lopen. Zijn speeksel brandt op haar borst en ze zakt bijna door haar knieën. Met een beverige hand zoekt ze steun bij de kast.

'Niet zenuwachtig zijn. Je zult ervan genieten.'

Hij trekt haar bij de kast vandaan en duwt haar in de richting van het bed. Intussen frummelt hij aan de knoop van zijn broek.

'Kleed je uit,' herhaalt hij zijn bevel.

Als ze dit wil overleven heeft ze geen keus, maar mijn god!

Slap van ellende laat Lisa zich op de rand van het bed zakken en gaat op haar rug liggen.

'Maak je broek los,' zegt hij, terwijl hij zijn eigen broek naar beneden laat zakken.

Veel verder dan haar broek losknopen komt ze niet. Ze kan het niet opbrengen hem naar beneden te stropen.

Met een paar snelle bewegingen schopt Kreuger zijn schoenen uit en stapt uit zijn broek. Zijn benen zijn mager en zwart behaard, en hij draagt een niet al te schone onderbroek.

Snel vestigt Lisa haar ogen op iets anders, een aquarel van een tropisch strand aan de muur. Het matras buigt door; hij komt naast haar liggen. Uit haar ooghoek ziet ze dat hij op zijn zij op haar neerkijkt, gesteund door zijn elleboog op het matras. Met zijn vinger trekt hij een spoor van de welving van haar borsten naar haar navel.

'Trek je broek uit,' zegt hij zacht.

Haar ogen worden vochtig maar ze verbiedt zichzelf te huilen. Ze moet voorkomen dat ze in een jammerend wrak verandert. Huilende vrouwen halen het slechtste in een man naar boven. Het herinnert ze aan hun kwetsbaarheid, versterkt de overtuiging dat ze met hen kunnen doen wat ze willen. Als ze daar nog niet overtuigd genoeg van waren.

Met grote moeite stroopt ze haar strakke spijkerbroek naar beneden. Kreuger trekt haar schoenen uit, gooit ze op de grond en werpt de broek erachteraan.

'Zo,' zegt hij en laat zijn ogen over haar lichaam dwalen. 'Het zou leuk zijn als je niet zo bang keek. Ben ik zo afstotelijk?'

De dreiging in zijn stem doet Lisa snel haar hoofd schudden.

'Is het zo'n straf voor je om seks met mij te hebben?' De dreiging neemt toe en weer schudt ze haar hoofd.

'Mijn hand,' zegt ze zwakjes. 'Ik bezeerde mijn hand.'

Met een gezicht alsof hij allang was vergeten dat ze zo gewelddadig begonnen waren, kijkt hij naar het verband, waar weer een rode vlek doorheen schemert. Zijn gezicht ontspant, wordt bijna vriendelijk.

'Oké, ik was even bang dat je me in de maling had zitten nemen. Ik bedoel, ik voel dat er iets is tussen ons. Iets heel speciaals. Jij niet?'

Woordeloos knikt ze en hij buigt zich naar haar toe, kust haar op de mond. 'Nou, wees dan een beetje lief voor me.'

Zijn hand glijdt in haar slipje en zijn vingers gaan op onderzoek uit.

Lisa spert haar ogen open. Haar lichaam schokt heftig, als de aanzet van een epileptische aanval.

'Dat is lekker, hè?' zegt Kreuger met een grijns terwijl hij zijn vinger in haar duwt. 'Nou schatje, doe dan ook eens iets voor mij.'

Vol weerzin streelt Lisa zijn rug met haar handpalm, alsof haar vingertoppen te gevoelig zijn om het huidcontact te verdragen.

'Is dat alles wat je kan verzinnen?' zegt hij geïrriteerd.

Ze slikt moeizaam. 'Rustig aan, we hebben alle tijd.'

Er verschijnen zorgwekkende beelden op haar netvlies waarin ze gedwongen wordt op alle manieren zijn behoeften te bevredigen, maar het wordt haar algauw duidelijk dat hij helemaal niet over zoveel zelfbeheersing beschikt. Als ze slim is, zorgt ze ervoor dat hij snel aan zijn trekken komt zonder dat ze eerst een uitgebreid programma hoeft af te werken.

Iets gemotiveerder streelt ze zijn rug, zijn biceps en laat ze haar hand in zijn slip glijden. Haar knedende vingers hebben al vlug het gewenste resultaat. Nu snel zijn.

Haar hand zoekt zijn geslacht en begint het te bewerken. Kreuger trekt zijn vinger terug en stoot een hijgend gekreun uit. 'O mijn god, dat is geweldig.'

Hij valt aan op haar borsten, bijt en lebbert ze af. Lisa wendt haar hoofd af en kijkt uit het raam. Nog even en ze is ervan af.

'Doe je benen uit elkaar,' hijgt Kreuger terwijl hij haar slipje naar beneden rukt. Hij komt omhoog en duwt zijn tong in haar mond. Met een gevoel alsof ze stikt ondergaat Lisa wat Kreuger ongetwijfeld als een gepassioneerde kus ziet. Hij bevrijdt zijn penis uit haar hand en dan duwt hij haar benen uit elkaar en boort zich in haar.

Bonkend en stotend werkt hij zich naar een climax toe, maar het duurt lang. Eindeloos lang.

Het tropische strand met palmen en de intens blauwe zee zien er geruststellend vredig uit. Jaren geleden, nog voor Anouk werd geboren, is ze met Menno op vakantie geweest naar de Dominicaanse Republiek. In het zwembad van het hotel hebben ze een cursus diepzeeduiken gevolgd. De eerste keer dat Lisa zich met een zuurstoffles op haar rug in de onderwaterwereld van de Caribische Zee liet zakken, zal ze nooit vergeten. De veelkleurige koraalriffen, de scholen tropische vissen en het zachte blauw van het water vormden een sprookjeswereld. Haar ogen streelden al het mooois om haar heen, zogen het op als een van de sponsen die ze met haar vingertoppen beroerde, en sloegen heel die vredige wereld ergens diep in haar hart op, zodat ze ernaar terug kon wanneer ze maar wilde. Zoals nu.

Haar blik wordt wazig en ze haalt nog maar zo oppervlakkig adem dat alles om haar heen zich vertraagd lijkt af te spelen. Het gekreun en gehijg boven haar neemt een doffe klank aan en dwars door de pijn en afschuw heen hamert een mantra door haar hoofd. *Ik ben niet hier, ik ben niet hier, ik ben niet hier.*

Haar geest doet een stapje terug en verplaatst zich naar een wereld waar geen geluiden doordringen en waar iedere beweging vertraagd en zonder kracht wordt uitgevoerd. Een blauwgroene, ruisende onderwaterwereld waar tropische vissen in scholen om haar heen zwemmen, en waar zacht wuivende planten haar lichaam strelen. Onder water is ze veilig, en als Kreuger eindelijk klaar is met haar, kost het Lisa de grootst mogelijke inspanning om weer boven te komen.

26

Voor haar gevoel ligt ze al uren te huilen, zacht en geluidloos. Kreuger is naar beneden gegaan. Op de drempel glimlachte hij even naar haar en ze wist nog net de kracht op te brengen om zijn glimlach te beantwoorden. Vervolgens heeft ze minutenlang volkomen verstijfd voor zich uit liggen staren, alsof door niet te bewegen het verschrikkelijke dat haar is overkomen ongedaan gemaakt kan worden, of in ieder geval genegeerd en weggeduwd. Tot de verdoving die haar emoties onder controle hield langzaam begon uit te werken. En toen kwamen de tranen, met de onverbiddelijkheid van een vloedgolf die zich nergens door laat tegenhouden. Het spoelde over haar heen en ze duwde haar gezicht in het kussen om haar snikken te smoren.

Het is alsof Kreuger een laagje van haar heeft afgestroopt, een schild dat bescherming en zelfvertrouwen bood, een kwetsbaar maar tot dan toe onaangetaste tweede huid waar ze haar eigenwaarde en identiteit aan ontleende. Die huid is ruw van haar afgescheurd en heeft haar ziel opengelegd.

Met een kreun draait Lisa zich op haar zij, en opeens realiseert ze zich dat Anouk alleen met Kreuger beneden is. In paniek komt ze overeind en kleedt ze zich aan. Hoe graag ze ook urenlang onder de douche zou gaan staan, ze moet genoegen nemen met schone kleren.

Terwijl ze moeizaam, met een zeurende pijn tussen haar benen, de trap afloopt blijft ze in gedachten herhalen dat dit niet het einde van haar leven is. Ze haalt nog steeds adem, ze is nog steeds dezelfde Lisa als een uur geleden. En tegelijk beseft ze dat dat een idiote gedachte is, dat vanaf dit moment niets meer hetzelfde zal zijn.

Als hij mijn dochter iets heeft aangedaan, vermoord ik hem, denkt ze verbeten. Het kan me niet schelen wat de gevolgen voor mezelf zullen zijn, maar dan gaat hij eraan.

Ze duwt de deurklink naar beneden en gooit de deur bijna open, bang voor wat ze te zien zal krijgen. Haar blik gaat meteen naar de eettafel, die bedekt is met openstaande potjes vingerverf en vellen papier vol bontgekleurde poppetjes.

Waar is Anouk? Lisa's ogen schieten de kamer door. Ze vliegt naar binnen en kijkt wild om zich heen.

'Anouk!' roept ze met overslaande stem.

'Ik ben in de keuken, mama,' klinkt het stemmetje van haar dochter.

Haastig loopt Lisa naar de keuken. Anouk staat op een stoeltje bij het aanrecht en wast zorgvuldig haar handen met zeep, geholpen door Kreuger. 'Goed zo, en nu daar nog een beetje. Kijk, je duim is nog rood.'

Lisa leunt tegen de deurpost en haalt een paar keer diep adem. Haar hart begint weer rustig te kloppen en ze slaagt erin een glimlach op haar gezicht te toveren als Kreuger naar haar omkijkt.

'Ze heeft heel veel schilderijen gemaakt,' zegt hij opgewekt.

'Ik zag het. Geweldig!' Lisa's stem klinkt vreemd, haar glimlach ligt als een plastic masker op haar gezicht, maar Kreuger lijkt dat niet te merken. Hij ziet er tevreden uit, ontspannen zelfs, tot Anouk van het stoeltje springt en naar haar moeder toe rent alsof ze Kreugers aanwezigheid geen seconde meer kan verdragen. Met een wild gebaar slaat ze haar armen om Lisa's middel en drukt haar gezicht tegen haar aan.

'Waar was je nou!'

'Ik moest boven wat doen. Jij zat toch lekker te verven?'

'Je mag niet weggaan. Waarom ging de deur niet open?'

O mijn god, ze heeft geprobeerd om binnen te komen, flitst het door Lisa heen. Over haar dochters hoofd heen vinden haar ogen die van Kreuger, en opeens ervaart ze een merkwaardig gevoel van dankbaarheid dat hij Anouk dat in ieder geval bespaard heeft. Als dat zijn insteek tenminste was en hij haar niet gewoon een snelle vlucht wilde beletten. Het is moeilijk om in het hoofd van een moordenaar, een kindermoordenaar nog wel, te kijken. Wie zegt dat er behalve de rare kronkels die hem tot zijn afgrijselijke daden brengen, niet ook iets van gevoel en menselijkheid zit? Ze moet erop vertrouwen dat dat zo is. Hij heeft hen niet vermoord en lijkt dat ook niet van plan te zijn, ook al kun je dat nooit zeker weten. Ze heeft geen flauw idee wat zijn plan is.

De rest van de middag brengt ze in de keuken door. Ze heeft altijd van koken gehouden en in dit geval is dat haar redding. Het geeft haar wat te doen, leidt haar af van haar gepieker. Ze haalt de transistorradio uit de kelder en zet hem zachtjes aan, om Kreuger niet te storen die in de woonkamer naar sport zit te kijken. Hij heeft een flesje bier uit de garage gehaald en zit met zijn voeten op tafel. Als ze niet beter wist, zou ze denken dat Menno daar zat.

Haar ogen glijden naar de foto's die met magneetjes op de koelkast hangen. Veel foto's van Menno en haar, momenten uit een ander leven, toen ze elkaar net hadden ontmoet en ze nog jong en hoopvol was. Overtuigd van haar aantrekkingskracht op hem, zeker van haar macht om hem te krijgen. Exclusief, helemaal alleen voor zichzelf.

Met een zucht doet ze het deurtje van de magnetron open om te controleren of het vlees al ontdooid is. Ze heeft haar kastjes en vriezer altijd helemaal volgestouwd met blikjes, brood en vlees zodat ze niet steeds de deur uit hoeft om boodschappen te doen. Met het oog op Anouks benauwdheidsaanvallen heeft ze zaterdag flink ingeslagen. Toen ze inderdaad ziek werd, was ze daar blij om. Ze had Anouks school gebeld en zelf een weekje vrij genomen.

Achteraf was het beter uitgekomen als de kasten vandaag leeg waren geweest, maar ach, dan had Kreuger haar misschien pizza laten bestellen. Of ze hadden op droog brood en restjes geleefd. Dat laatste lijkt haar waarschijnlijker.

Het minste wat ze kan doen is goed voor zichzelf en Anouk zorgen, zodat ze op krachten blijven. Dat kan nog hard nodig zijn.

De situatie heeft nog steeds iets onwerkelijks. Het is alsof ze uit haar normale leven is weggezogen en in een andere dimensie terecht is gekomen. Haar overbelaste geest blijft beelden voor haar ogen schuiven, als een defecte videocamera die steeds dezelfde voorstelling projecteert.

Lisa haalt het vlees uit de magnetron en legt het op een snijplank op het aanrecht. Magere sukadelapjes, of draadjesvlees zoals ze het zelf altijd noemt. Haar lievelingsgerecht van vroeger. Ze lustte niet veel als puber en at bijna niets, maar als haar moeder draadjesvlees op tafel zette, viel ze meteen aan. Het was het eerste dat ze leerde maken toen ze het huis uit ging en ze vindt het nog steeds heerlijk.

Ze zet een braadpan op het vuur, doet er een klont boter bij en als die bruin kleurt, legt ze de sukadelappen erin. Het vlees schroeit sissend dicht. Kruidnagels erbij, een paar laurierblaadjes en stukjes ui. Een heerlijke geur drijft de keuken in, de geur van vroeger, van thuis. Een overstelpend gevoel van heimwee overvalt haar. Ze neuriet krampachtig mee met een liedje op de radio maar ze kan niet voorkomen dat ze tranen aan de jus toevoegt.

27

Opnieuw brengt ze met Anouk de nacht door in de kelder, maar als Kreuger hen er de volgende ochtend uit laat, is er een verandering in zijn houding opgetreden. Hij staat er bijna schutterig bij, maakt nog net geen excuus. Tot Lisa's verbazing heeft hij de ontbijttafel gedekt en staat de koffie al klaar. In een afwachtende stemming gaat ze aan tafel zitten.

Anouk voelt de veranderde sfeer haarscherp aan en kijkt vragend naar haar moeder. Als Kreuger even de andere kant op kijkt, haalt Lisa licht haar schouders op.

Ze eten zonder veel te zeggen, op een paar opmerkingen over het warme weer na. En dan, volkomen onverwacht, zegt Kreuger: 'Als ik je vroeg of je met me mee zou gaan, wat zou je dan zeggen?'

Die vraag komt de kamer binnenzeilen als een steen die door een ruit wordt gegooid. Lisa kijkt perplex op. De lepel waarmee ze haar brood besmeert blijft als een uitroepteken in de lucht hangen.

'Met jou meegaan? Hier vandaan bedoel je?' vraagt ze voorzichtig, alsof zijn voorstel ook maar op enige andere wijze kan worden uitgelegd.

Kreuger neemt een slok koffie en knikt. 'Zou je dat doen?'

Lisa's hersenen werken op topsnelheid. Ze maant Anouk met haar blik tot stilte en zegt zo rustig mogelijk: 'Wie weet.'

Kreuger gooit een extra schep suiker in zijn koffie en roert met bruuske bewegingen. 'Of zou je ervandoor gaan zodra je de kans kreeg?'

'Ik ben er de afgelopen twee dagen toch ook niet vandoor gegaan.' Lisa dwingt zichzelf een hapje brood te nemen en het rustig te kauwen en door te slikken voor ze verder praat. 'Dit is mijn huis en ik beschouw je als een gast. Goed, je hebt je aan me opgedrongen, maar uiteindelijk bleken we het best goed met elkaar te kunnen vinden, nietwaar? Je hebt me beloofd dat je ons niets zal doen als we meewerken en ik vertrouw je op je woord. Waarom zou ik er dan vandoor gaan?'

Lange tijd bestudeert hij haar, maar ze drinkt rustig haar koffie en beantwoordt zijn blik. Als de stilte voortduurt informeert ze losjes waar hij naartoe denkt te gaan.

'Ik heb familie in Duitsland,' antwoordt Kreuger.

Lisa knikt goedkeurend. 'Duitsland is een groot land.'

'Ook in een klein land kunnen ze me niet vinden,' zegt Kreuger met een grijns.

Anouk kijkt van de een naar de ander en strooit suiker op haar beschuit.

'De politie is op zoek naar een man alleen, niet naar een man in gezelschap van een vrouw en kind,' zegt Lisa. 'We zouden mijn auto kunnen nemen. We zijn zó de grens over.'

Het kost haar moeite om haar opwinding te verbergen. Ze zou álles doen om het huis uit te komen. Eenmaal buiten komt er beslist een moment dat hij het overzicht kwijtraakt en ze een ontsnappingspoging kunnen doen. Een slinger aan het stuur geven en een botsing veroorzaken is genoeg, of briefjes uit het raam gooien, bij een tankstation om hulp schreeuwen. Mogelijkheden zat.

'Hmm, misschien is het toch beter om gewoon hier te blijven.' Kreuger drinkt zijn kop koffie met een paar grote slokken leeg. 'Maar je auto kan ik wel goed gebruiken.'

'Neem maar mee,' biedt Lisa aan. Hoop flitst door haar heen; misschien denkt hij erover om op korte termijn te vertrekken. Wie weet is deze nachtmerrie straks, meteen na het ontbijt, al voorbij. 'Ik heb nog wel wat kleding van Menno. We blonderen je haar en niemand die je herkent.'

Broedend kijkt hij haar aan. 'Maar wat doe ik dan met jou?'

Lisa's hart begint wat sneller te kloppen. Om tijd te winnen neemt ze een klein hapje van haar brood. Hoe hard ze ook probeert het door te slikken, het blijft als een klef balletje in haar mond liggen. Ten slotte spoelt ze de hap met een flinke slok koffie weg. 'Je denkt dat ik de politie zal waarschuwen.'

'Dat denk ik niet, dat weet ik zeker,' zegt Kreuger kalm.

'Misschien heb je het mis.'

'Maar dat risico kan ik niet nemen. Dat begrijp je toch wel?'

Haar oksels worden vochtig en haar handen voelen klam. Wat probeert hij haar duidelijk te maken?

'Als jij weg bent...' zegt ze, haar gedachten zorgvuldig formulerend, 'en ik waarschuw de politie, dan hebben ze je nog niet meteen. Je zou wraak kunnen nemen.'

'Dat zou best eens kunnen,' bevestigt Kreuger.

'En als ze je nooit te pakken krijgen, zou ik de rest van mijn leven in angst zitten. Daar voel ik weinig voor. Ik wil gewoon de deur weer uit, verdergaan met mijn leven. En ik wil me jou herinneren als een onverwachte gast met wie ik een afspraak heb gemaakt.' Ze houdt zijn blik vast. 'De afspraak dat ik je niet zal verraden.'

De stilte tussen hen is explosief.

'Tja,' zegt Kreuger uiteindelijk. 'Er is ook nog die andere mogelijkheid: ik neem Anouk gezellig mee.'

28

'Ik heb goed nieuws voor je.' Met een opgewekt gezicht komt dokter Reijnders Senta's kamer binnenlopen. 'Ik denk dat we je morgen wel kunnen laten gaan. Je hebt een hersenschudding opgelopen door de klap waarmee je op het stuur bent gevallen, maar daar hoeven we je niet voor te houden. Ik maakte me zorgen over het infectiegevaar in je longen, maar het ziet ernaar uit dat je geen water hebt binnengekregen.'

Een brede glimlach trekt over Senta's gezicht. 'Dat is zeker goed nieuws.' Dan maakt de opluchting opnieuw plaats voor bezorgdheid. 'Is het infectiegevaar helemaal verdwenen?'

'Anders zou ik je niet laten gaan. Maar je krijgt uit voorzorg antibiotica mee, en paracetamol tegen de hoofdpijn. Hoe is het daar trouwens mee?'

'Het gaat wel,' verzekert Senta haar snel. Ze is niet van plan om voor een beetje hoofdpijn in het ziekenhuis te blijven liggen.

'Mooi. Ik zou zeggen, doe het de eerste tijd rustig aan.' Dokter Reijnders knikt Senta hartelijk toe en vervolgt haar ronde.

Als ze weer alleen is, slaakt Senta een diepe zucht. Gelukkig, ze mag naar huis. Ze heeft nu al schoon genoeg van tv-kijken en tijdschriften doorbladeren. Een goed teken, neemt ze aan. Als het aan haar ligt pikt ze haar leven zo snel mogelijk weer op.

Haar nieuwe mobieltje, een modern roze toestelletje, ligt op het bed verleidelijk te glanzen, maar ze heeft nog niet de moed bijeengeraapt het ook te gebruiken. Ja, ze heeft haar vader, die in een verpleegtehuis zit, gebeld en ze heeft ook even gekletst met haar collega's. Maar dat ene nummer, dat voortdurend in haar hoofd rondzoemt, heeft ze nog niet ingetoetst.

Besluiteloos kijkt Senta naar haar telefoontje. Ze heeft het gisteravond gekregen van Freek, met een extra sms-bundel. De eerste lieve berichtjes zijn al binnen, allemaal van hem.

Weet Alexander dat ze in het ziekenhuis ligt? Het is mogelijk. Freek heeft haar werk ingelicht, en aangezien haar geluidsopname van het interview verloren is gegaan, zal een collega Alexander hebben laten weten dat de plaatsing van het artikel uitgesteld wordt.

Alexander.... Ze wil niets liever dan dat hij naar haar toe komt en haar in zijn armen neemt. Maar er is een kleine, nauwelijks benoembare verandering in haar opgetreden die haar doet aarzelen om contact met hem op te nemen. Als haar iets duidelijk is geworden in de tijd dat ze in coma lag, is het dat Freek en de kinderen de kern van haar bestaan vormen. Met die wetenschap zou ze een streep onder haar relatie met Alexander moeten zetten, in plaats van besluiteloos naar haar splinternieuwe mobieltje te kijken. Dit is een goed moment om opnieuw te beginnen, af te rekenen met bedriegen en liegen, en het knagende schuldgevoel achter zich te laten. Maar dan moet ze ook afscheid nemen van iets wat de dagen een beetje extra glans gaf, dat haar bloed sneller deed stromen en jaren van haar werkelijke leeftijd afhaalde. Ze mag de herinnering aan het ongeluk kwijt zijn, het gelukzalige gevoel waarmee ze maandag bij Alexander vertrokken is, heeft ze vastgehouden en ligt in iedere cel van haar lichaam opgeslagen. Ze had er geen idee van dat hij zo belangrijk voor haar is geworden. Het is een verontrustende gedachte dat ze het zo ver heeft laten komen.

Aarzelend steekt Senta haar hand uit en pakt het mobieltje op. Dan neemt ze een besluit en toetst met vlugge bewegingen het nummer in. Haar hart mist een slag als ze Alexanders diepe, krachtige stem hoort.

'Met mij,' zegt ze. 'Senta.'

Even is het stil, dan zegt hij verrast: 'Senta, wat leuk dat je belt.'

Leuk dat ze belt? Hij zou verrukt moeten zijn. Op de achtergrond hoort ze een printer ratelen en automatisch informeert ze of ze stoort.

'Nee, nee, helemaal niet. Dat wil zeggen, ik was wel bezig, maar jij mag me altijd storen. Dat weet je. Ik was alleen verbaasd omdat ik je nummer niet herkende.'

'Ik heb een ander mobieltje. Mijn vorige is nat geworden. Ik lig in het ziekenhuis, Alex.'

'In het ziekenhuis? Wat is er gebeurd?' informeert hij bezorgd.

'Ik ben het water in gereden met mijn auto.'

Aan de andere kant van de lijn houdt Alexander geschokt zijn adem in. 'Mijn god,' zegt hij als hij van de schrik bekomen is. 'Hoe is dat gebeurd? En hoe ben je eruit gekomen?'

'Dat weet ik niet meer. Ik moet met mijn hoofd op het stuur zijn geklapt, want er zitten blauwe plekken op mijn voorhoofd en ik heb een hersenschudding. Maar ik kan me er niets van herinneren hoe dat is gebeurd, ook niet hoe ik uit die auto ben gekomen. Ik heb geen water binnengekregen, dus ik moet bijgekomen zijn na die klap en mijn adem hebben ingehouden.

Als ik bewusteloos was gebleven, had ik water in mijn longen gekregen. Ik weet wel dat ik op een gegeven moment hulp heb gekregen. Iemand is het water in gesprongen en heeft me omhoog geholpen. De auto lag toen al op de bodem.'

'Mijn god,' zegt Alexander weer. Hij klinkt diep onder de indruk. 'Heb je die man of vrouw al gesproken?'

'Het was een man, en nee, ik heb hem nog niet gesproken. Maar ik ben wel van plan om contact met hem op te nemen.'

'Dat zou ik zeker doen. Het is een wonder dat je het overleefd hebt. Weet je al wanneer je naar huis mag?'

'Waarschijnlijk morgen. Ze houden me vandaag nog even in de gaten vanwege het infectiegevaar.'

'ARDS,' zegt Alexander begrijpend. 'Dat is inderdaad iets om je zorgen over te maken. Je kan achteraf nog een levensgevaarlijke longontsteking oplopen.'

'Inmiddels is die kans niet zo groot meer, ik mag al naar huis.'

'Kun je voor die tijd nog bezoek ontvangen?'

'Freek en de kinderen zijn hier zo vaak ze kunnen.'

Het blijft even stil, dan zegt Alexander zacht: 'Als het kon zou ik nu in de auto stappen en naar je toe rijden. Dat weet je toch?'

'Ja...'

'Als er ook maar iets is wat ik voor je kan doen, moet je het zeggen.'

'Denk maar veel aan me. Duim dat ik geen longontsteking krijg.'

'Dat doe ik sowieso. En ik denk altijd veel aan je. Ik hou van je.'

Senta glimlacht, maar ze schrikt als er een verpleegster binnenkomt. 'Ik moet ophangen.'

'Hou je goed. Ik bel je nog wel.'

's Avonds, na bezoektijd, belt hij haar zelf. Deze keer wil hij een uitgebreid verslag van wat ze zich nog wel kan herinneren, en hoe ze haar coma heeft ervaren.

'Was je echt helemaal weg, of heb je er iets van meegekregen?' vraagt hij belangstellend.

'Weet je, het was net alsof ik in een diepe, donkere zee rondzwom,' zegt Senta nadenkend. 'Een peilloze diepte, die als een magneet aan me trok. Soms slaagde ik erin om aan de oppervlakte te komen en dan hoorde ik mensen praten, was ik me bewust van mijn omgeving. Ik wist ook dat ik boven moest zien te komen, maar het lukte gewoon niet. Ik werd steeds weer die diepte in getrokken. Het was heel beangstigend.'

'Kon je de artsen horen? Wat zeiden ze precies?'

Senta vertelt, af en toe onderbroken door Alexanders vragen. Zijn belangstelling doet haar goed en ze praat honderduit over alles wat haar van die eenzame uren is bijgebleven.

Als ze heeft opgehangen is ze doodmoe, maar ze heeft moeite om in slaap te komen. Alexanders gedetailleerde vragen hebben haar onrustig gemaakt. Freek heeft haar lang niet zoveel gevraagd, uit angst dat ze zich zou vermoeien of dat ze overstuur zou raken. Zijn ogen vertelden haar keer op keer dat hij nauwelijks kon geloven dat de enorme ramp die hen bedreigd had voorbij was getrokken.

Senta draait zich op haar zij en zucht. Er zit haar iets dwars, maar ze weet niet precies wat. Pas als ze langzaam wegdommelt, beseft ze op de grens van waken en slapen wat het is.

29

Het scheelt niet veel of Lisa laat haar koffiemok uit haar handen glijden. 'Nee,' zegt ze ferm. 'Geen sprake van.'

Het amuseert Kreuger duidelijk dat zij in de positie denkt te zijn om hem iets te verbieden. Zijn lach schalt door de kamer, en het is geen prettig geluid.

Lisa bindt in en praat overredend verder. 'Wat moet je nou met een klein kind beginnen? Dat is toch alleen maar lastig. Ze is ziek, ze gaat huilen, ze trekt de aandacht. Nee, je kunt beter in je eentje gaan. Ik geef je alles mee wat je nodig hebt: mijn auto, geld, kleding, eten, noem maar op. We kunnen even naar de bank rijden, ik heb behoorlijk wat op mijn rekening staan.'

'Dat is verdomd aardig van je,' zegt Kreuger met een uitgestreken gezicht. 'Echt verdomd aardig.'

Houdt hij haar nu voor de gek? Onzeker frummelt Lisa aan haar placemat. Ze kan nu maar beter niets meer zeggen, voor ze te gretig overkomt. Ze heeft een voorstel gedaan en ieder woord dat ze eraan toevoegt is te veel. Kon ze er maar achter komen wat er door hem heen gaat.

Kreuger heeft zijn armen op tafel gelegd en kijkt in gedachten verzonken uit het raam. Onhoorbaar komt Lisa overeind.

'Mama, mag ik op de computer?' vraagt Anouk.

Lisa kijkt naar Kreuger, en hij knikt.

Blij springt Anouk van haar stoel en wacht tot Lisa de computer heeft opgestart. Algauw komt het apparaat zoemend tot leven en maakt contact met de buitenwereld. Alles in Lisa staat op scherp, al doet ze haar best om geen aandacht aan de geluiden te besteden. Met zoveel mogelijk bordjes, bestek en glazen gaat ze naar de keuken en zet alles op het aanrecht. Dan trekt ze de afwasmachine open, haalt de schone vaat van gisteravond eruit en bergt die op. Intussen luistert ze gespannen naar de geluiden van de computer. Zelf kan ze moeilijk gaan zitten mailen, maar Anouk weet hoe ze Outlook moet openen. Ze kan een e-mail versturen, ze mailt ook weleens met haar vader. Dat ze daar niet eerder aan heeft gedacht!

Met zinderend hoofd zet Lisa de ontbijtboel in de afwasmachine. Kan ze het risico nemen haar dochter zo'n gevaarlijke opdracht te geven? Of probeert hij hen nu uit?

Op slag wordt ze rustig. Natuurlijk, het is een test. Kreuger heeft zelf kinderen van die leeftijd gehad, hij weet hoe jong ze al vertrouwd zijn met de computer. Misschien verwacht hij dat zij, Lisa, een poging zal wagen om een mailtje te versturen. Als hij hen straks even alleen laat, zal hij hen stiekem in de gaten houden.

Ze richt zich op en duwt de klep van de afwasmachine dicht. Met stoffer en blik veegt ze wat kruimels van de keukenvloer op en gooit ze in de vuilnisbak.

Als ze de huiskamer in loopt is Kreuger weg. Lisa spitst haar oren en hoort hem op de wc aan de toiletrol trekken. Hij blijft zo lang weg dat ze er steeds zekerder van wordt dat hij een toneelstukje opvoert.

Met een stoïcijns gezicht loopt ze naar de gangkast, haalt de stofzuiger tevoorschijn en gaat aan het werk. De verleiding is groot, maar ze kan het risico niet nemen. Niet nu hij op het punt staat om weg te gaan.

Ze krijgt de hele dag door de gelegenheid om alarm te slaan. De computer blijft aanstaan en Kreuger laat haar regelmatig alleen beneden. Als ze naar boven loopt om vuil wasgoed op te halen, ziet ze opeens haar mobieltje op het bed liggen.

Lisa staat doodstil, ten prooi aan een folterende besluiteloosheid. Al haar overlevingsinstincten schreeuwen haar toe het telefoontje te pakken en 112 te bellen. Ze hoeft geen uitgebreide uitleg te geven, aan een paar seconden heeft ze genoeg. Maar hoe weet ze of dit niet opnieuw een test is? Misschien heeft Kreuger haar mobieltje wel zo op het bed gelegd dat hij onmiddellijk weet dat ze het heeft opgepakt. Ze zal het precies zo moeten terugleggen. Misschien heeft hij er een haar op gelegd, of iets anders slims gedaan. Of denkt ze nu te ver door?

Het telefoontje ligt op het vrolijk gebloemde dekbedovertrek om haar aandacht te schreeuwen. Het zweet breekt Lisa uit. Behalve haar wantrouwen speelt een andere emotie haar parten: ze durft niet. De angst verlamt haar spieren, doet haar oren suizen en haar handen trillen. Nerveus kijkt ze over haar schouder. Waar hangt Kreuger uit? Ze heeft hem beneden achtergelaten, maar waarschijnlijk staat hij nu onder aan de trap. Misschien heeft hij haar simkaart uit het toestel gehaald.

Ze doet het niet. Het mobieltje ligt daar te opzichtig, te nonchalant. Kreuger heeft haar vast met opzet alleen naar boven laten gaan. Maar dat geeft haar wel de gelegenheid om een briefje voor de postbode te schrijven.

Jachtig zoekt ze in Anouks kamer naar een vel tekenpapier,

en met rode viltstift krabbelt ze een noodkreet vol uitroeptekens neer.

Help me alstublieft! De ontsnapte tbs'er Mick Kreuger zit hier binnen en gijzelt mijn dochtertje en mij! Dit is géén grap! Breng dit briefje alstublieft meteen naar de politie!

Lisa Fresen

Ze scheurt de onderste helft van het vel papier eraf, vouwt het tekstgedeelte een paar keer dubbel en stopt het in de kontzak van haar spijkerbroek. Dan pakt ze de wasmand uit de badkamer en loopt met knikkende knieën naar beneden. Haar wangen branden als ze de kamer binnenkomt.

Kreuger zit voor de tv en zapt langs teletekst. Hij werpt slechts één korte blik op haar. Lisa negeert hem. Ze loopt naar de wasmachine in de bijkeuken en sorteert de was. Ze neemt er de tijd voor en langzaam kalmeert ze.

Je hebt niets gedaan, houdt ze zich voor. Hij kan je nergens op pakken. Je hebt het risico niet genomen en dat was heel verstandig.

Het probleem is dat het niet verstandig vóélt. Ze had nooit gedacht dat ze zich in een bedreigende situatie zo passief zou opstellen.

'Je hebt geen keus,' mompelt ze. 'Zonder Anouk zou het anders zijn, maar nu heb je gewoon geen keus.'

Ze richt zich op en opeens staat Kreuger achter haar. Lisa geeft een kreet van schrik.

'Niet schrikken!' Hij legt zijn handen op haar schouders en Lisa weet dat hij haar voelt beven. 'Hé, schrok je zo? Ik wilde je alleen iets zeggen.' Hij wacht even en knijpt zachtjes in haar schouders. 'Vannacht slapen jullie niet in de kelder,' zegt hij, met een gezicht alsof hij haar een groot geschenk aanbiedt.

'Anouk kan terug naar haar eigen kamer, en jij ook. Naast mij,' voegt hij eraan toe.

Hoop en een zekere berusting maken plaats voor nieuwe ontzetting. Wanhopig probeert Lisa een houding te zoeken waarachter ze bescherming kan vinden, maar ze vreest dat hij dwars door haar heen kijkt. Zijn sardonische lachje bewijst dat, en anders wel de hand op haar billen.

'Ik ga aan het einde van de week weg. Zondagavond, denk ik.' Kreuger grijpt haar achterste wat steviger vast. 'Maar ik neem jullie niet mee, dat maakt het maar ingewikkeld. Zondag nemen we voorgoed afscheid. Dus we moeten het de rest van de week maar gezellig maken, vind je niet?'

30

De matrassen liggen weer waar ze horen; op Anouks kamer en de logeerkamer. Anouk is blij, maar Lisa was liever in de kelder gebleven. Het is woensdagavond en als Kreuger inderdaad zondag vertrekt, heeft hij nog vier lange nachten om zijn seksuele fantasieën op haar los te laten.

Ik moet hier weg, denkt ze koortsachtig. Als híj niet gaat, dan ga ik. Mét Anouk.

De komende nacht lijkt de meest geschikte tijd om een ontsnappingspoging te wagen. Als hij slaapt, kan ze proberen weg te komen.

De hele avond houdt ze Kreuger onopvallend in de gaten. Hij heeft de telefoon niet meer bij zich, die moet hij ergens hebben opgeborgen. Maar haar mobieltje zou in zijn broekzak kunnen zitten, en anders de sleutels van de voordeur en haar auto wel. Of heeft hij die ook verstopt? Dat zou de zaak een stuk gecompliceerder maken. Ze zullen via Anouks slaapkamerraam moeten ontsnappen. In gedachten ziet ze zichzelf al met een bang, rillerig kind door de dakgoot naar het garagedak schuifelen. Alleen zou ze dat wel durven, maar kan ze Anouk zulke halsbrekende toeren laten uithalen?

Ze heeft geen keus. Ze kan zich niet voorstellen dat Kreuger zondag vertrekt en hen gewoon achterlaat. Hoe welwillend hij zich op dit moment ook opstelt, ze moet zichzelf eraan blijven herinneren dat hij een crimineel is, een ontoerekeningsvatbare moordenaar. Ze is het geweld dat hij tegen haar heeft gebruikt op de dag dat hij haar huis binnenviel nog niet vergeten. Vanaf het moment dat ze meewerkte is hij veranderd, maar ze kan er niet op vertrouwen dat die verandering blijvend is. Hij kan het wel allemaal zo gepland hebben. Ze kookt voor hem, doet de was en laat zich door hem neuken. Mooier had hij het niet kunnen treffen. En zondag komt ze er pas achter wat zijn werkelijke plannen zijn. Dan kan ze er weleens bitter berouw van hebben dat ze niet gevlucht is toen ze de kans had.

Met haar armen over elkaar staat Lisa voor het raam. Ze doet het. Vannacht klimt ze met Anouk uit het raam.

Als ze haar dochter naar bed brengt, trekt ze haar een warme, flanellen pyjama aan en hangt haar trainingsjasje een beetje apart van de rest van haar kleren in de kast. Zo kan ze het vannacht in één beweging pakken. Ze zet Anouks gympies klaar en kijkt om zich heen. Heeft ze nog meer nodig?

Een touw om haar middel, denkt ze. Een touw dat haar met mij verbindt voor het geval ze uitglijdt.

Een gevoel van moedeloosheid overvalt haar en ze zakt op het randje van Anouks bed.

'Wat is er, mama?' vraagt Anouk slaperig. 'Waarom pakte je mijn trainingsjas?'

'Zomaar,' zegt Lisa. 'Ga maar lekker slapen. Fijn hè, in je eigen bed?'

Anouk draait zich op haar zij. 'Wanneer gaat hij nou weg?' mompelt ze slaapdronken.

'Snel,' belooft Lisa en kust haar op de wang. Heel snel, denkt ze erachteraan.

Zijn arm ligt als een stevige ketting om haar heen geslagen. Lisa heeft zich op haar zij gedraaid, met haar rug naar hem toe, en staart in de duisternis. Haar naaktheid schreeuwt haar toe, versterkt door Kreugers hand die al meer dan een uur om haar rechterborst ligt. Haar lichaam doet zeer van zijn beten. Ze heeft het ondergaan, alweer, blij met de duisternis die haar tranen verborg.

Haar keel levert een moeizaam gevecht tegen de gal die voortdurend in haar slokdarm omhoogkomt. Straks maakt ze hem nog wakker omdat ze moet overgeven. Slaapt hij eigenlijk wel echt? Onophoudelijk houdt ze haar ogen gericht op de rode digitale cijfers die op haar nachtkastje oplichten. Al anderhalf uur. Ze luistert naar zijn ademhaling, die rustig en regelmatig is. De greep om haar borst is verslapt. Dat zou kunnen betekenen dat hij slaapt. Al kan hij ook doen alsof.

Een nieuwe golf van misselijkheid welt in haar op. Naar de badkamer, snel. Ze wurmt zich uit Kreugers greep en glijdt uit bed. Er hangt een zware lucht van seks en zweet in de slaapkamer. Geen wonder dat ze misselijk is.

Zodra ze op de overloop staat gaat het beter. Opgelucht haalt ze een paar keer diep adem en loopt naar de badkamer om een slokje water te drinken. In de slaapkamer blijft het stil. Zou hij echt zo diep slapen? Ze luistert scherp, maar hoort alleen zijn regelmatige ademhaling. Het is zo'n verlichting om even uit zijn buurt te zijn, dat ze het niet kan opbrengen om terug te gaan naar de slaapkamer.

Maar ze heeft haar kleren nodig, al is het maar alleen haar ochtendjas. Het is riskant, maar ze moet in zijn broekzak kijken of hij haar mobieltje en sleutels heeft. Waarschijnlijk niet, maar je weet maar nooit. Het zou hun die levensgevaarlijke escapade over het dak kunnen besparen.

Lisa kijkt naar zichzelf in de spiegel. Maanlicht valt door het raam naar binnen en licht haar gezicht wasachtig bleek op. Kringen tekenen zich af onder haar ogen en haar haren vallen slap en futloos om haar gezicht. Een schim van de vrouw die maandagmiddag nietsvermoedend de was ophing.

In gedachten spreekt ze zichzelf moed in. Hup meid, op je tenen de slaapkamer in en snel even die broekzakken controleren. Fluitje van een cent.

Het lukt haar niet om op haar tenen te lopen, daarvoor trilt ze te erg. Voetje voor voetje schuifelt ze terug naar de slaapkamer, de duisternis en stank in. Kreuger snurkt zachtjes.

Geruisloos loopt Lisa om het bed heen, waar zijn kleren op een slordige hoop op een stoel liggen. Met ijskoude, bevende handen voelt ze tot ze de stugge stof van zijn spijkerbroek vindt. Als er sleutels in de zakken zitten, kunnen ze rammelen.

Heel voorzichtig trekt ze hem omhoog. Haar vingers vinden zijn riem en glijden omlaag naar de zakken. Ze voelen teleurstellend licht. Behoedzaam laat ze haar hand in de eerste zak glijden, maar die is leeg.

Met een grommend geluid draait Kreuger zich op zijn zij. Lisa's misselijkheid keert in volle hevigheid terug. Ze mag niet spugen, niet nu. Ze ademt diep in en uit en als het weer een beetje gaat, zoekt ze met iets meer haast naar de andere broekzak. Ook die is leeg. Ze had het verwacht, maar de ontgoocheling is toch groot. Er zit niets anders op dan met Anouk het dak op te gaan, maar ze weet niet of ze het redt als haar benen zo slap blijven aanvoelen.

Haar ogen glijden naar de lege plek naast Kreuger in bed en haar gezicht vertrekt tot een grimas. Natuurlijk gaat ze het redden. Het alternatief is immers onaanvaardbaar.

Ze pakt haar ochtendjas, die op het voeteneinde van het bed ligt, en neemt hem mee. Op de overloop trekt ze hem aan. Jammer dat ze geen gympies heeft, alleen schoenen en laarzen met hakken. Dat zou veel te veel lawaai maken en haar belemmeren om grip te vinden op het schuine dak. Dan maar op blote voeten.

Nu Anouk wakker maken en in haar trainingsjasje helpen. Als ze maar niet luidkeels gaat protesteren als ze gewekt wordt, of met alle geweld naar de wc wil.

Op haar tenen loopt Lisa naar haar dochters kamer, maar dan komt de gal onstuitbaar omhoog. Met een paar stappen is ze in de badkamer en valt op haar knieën voor de toiletpot.

Haar middenrif schokt, haar lichaam verkrampt en dan voelt ze het komen. Het braaksel klettert met veel lawaai in het water van de toiletpot. Zoveel lawaai, dat ze niet verbaasd is als ze iemand de badkamer in hoort komen.

'Wat is er met jou aan de hand?' klinkt Kreugers stem.

Ze neemt niet de moeite om te antwoorden maar houdt met één hand haar lange haar in een paardenstaart vast. Iedere keer als ze even op adem is gekomen, begint haar lichaam weer te schokken en moet ze zich weer over de toiletpot buigen.

Er komt geen einde aan. Ze trekt een paar keer door om niet de zure lucht te hoeven inademen, en dan begint ze weer te kokhalzen.

Op het randje van het bad kijkt Kreuger toe. Lisa heeft geen tijd om aandacht aan hem te besteden.

Als ze alleen nog maar water en gal spuugt en haar lichaam langzaam tot rust komt, dringt het tot haar door dat ze morgen opnieuw een dag en een nacht met deze man zal moeten doorbrengen. Met hangende schouders veegt ze haar mond af, pakt het bekertje water aan dat Kreuger haar aanbiedt en begint te huilen. Troostend streelt Kreuger haar haar.

'Arme Lisa,' zegt hij. 'Arme, arme Lisa.'

31

Het eerste wat ze ziet als ze voor de deur parkeren, zijn de slingers. Roze, blauwe en witte slingers omlijsten de deur, slingeren langs de gevel, volgen de rechte banen van het tuinhekje naar de straat. Als ze slingers genoeg hadden, zouden de kinderen de lantaarnpaal ook hebben meegenomen, volgens Freek.

Met vochtige ogen stapt Senta uit de auto. Ze kan haar ontroering nauwelijks de baas als de kinderen haar in een huiskamer vol bloemen staan op te wachten en in gejuich losbarsten. Ze vliegen haar om de hals; zelfs Niels slaat zijn armen om haar heen en legt in een woordeloze uiting van genegenheid zijn wang tegen die van zijn moeder.

'O jongens, wat geweldig.' Senta knuffelt ze beurtelings.

'We hebben ook taart!' roept Jelmer, en hij trekt haar aan haar hand mee naar de keuken, waar een enorme geglazuurde chipolatataart op het aanrecht staat. 'Dat is toch je lievelingstaart, mam?'

'Nou en of,' verzekert Senta hem. Ze draait zich om naar Freek, die met zijn handen in zijn zakken en een brede lach op zijn gezicht iedere beweging van haar volgt. Een golf van tederheid en toewijding gaat door haar heen. Ze loopt naar hem toe en kust hem zacht op de lippen.

'Dank je,' zegt ze zacht. 'Wat een heerlijke thuiskomst.'

'Daarvoor moet je bij de kinderen zijn. Zij hebben het bedacht.'

'Maar jij hebt bedacht dat...' begint Jelmer, maar hij kan zijn zin niet afmaken omdat hij van alle kanten toegesist wordt.

'Dat is een verrassing, sukkel,' zegt Denise.

Dat levert haar een schop op, maar Jelmers vreugde om zijn moeders thuiskomst is te groot om zijn humeur echt te laten bederven.

'Wanneer komt die verrassing, pap?' fluistert hij duidelijk hoorbaar in zijn vaders oor.

'Straks.' Opzichtig knipoogt Freek hem toe.

'Ik begin nu toch wel nieuwsgierig te worden. Wat komt er straks?' Senta kijkt belangstellend van de een naar de ander.

'Dat zul je wel zien!' Jelmer danst uitgelaten in het rond. 'Het begint met een...'

'Jelmer!' Denise drukt haar hand tegen haar broertjes mond. 'Stil nou, man. Het is toch niet leuk als mama het al weet. Mam, ga lekker zitten, dan krijg je koffie. Of wil je thee? En wil je een groot stuk taart of een heel groot stuk taart?'

Senta zegt dat ze graag koffie wil, en een middelgroot stuk taart. Als een oude vrouw die slecht ter been is laat ze zich naar de bank leiden. Thuis. Althans, haar verstand vertelt haar dat dit thuis is, maar op de een of andere manier voelt ze zich vervreemd van al het vertrouwde om haar heen. Ze is zich er continu van bewust dat ze haar gezin, haar huis, haar leven bijna kwijt was geweest. Als die man met die hond niet over de dijk had gelopen, zou ze nu in een kist hebben gelegen. Geen slingers, geen taart, maar diepe rouw in dit huis. Ze huivert en zet dat macabere beeld van zich af.

En opeens, terwijl ze haar gedachten naar een vrolijker onderwerp probeert te verplaatsen, flitst er iets door haar geheugen.

Een huis, denkt ze verrast. Ik heb gedroomd over een huis.

De grote verrassing is een nieuwe auto, een zilvermetallic Toyota Auris Business Edition van nog maar een jaar oud. Enthousiast demonstreert Freek alle extra's, en het liefst heeft hij dat Senta meteen een proefritje maakt.

Ze stelt zich voor dat ze haar gordel omdoet, start, wegrijdt. Ze trekt wit weg en brengt haar hand naar haar voorhoofd. 'Ik denk dat ik even ga liggen. Ik ben doodmoe.'

'Natuurlijk, schat. Ik vergeet helemaal dat je nog lang niet de oude bent. Ga lekker rusten, dan maak ik een maaltje voor vanavond klaar. Gaan we er uitgebreid voor zitten. Wijntje erbij, muziekje op...' Zorgzaam begeleidt Freek haar naar binnen, de trap op, naar bed. De kinderen volgen en kijken even om de hoek om naar haar te zwaaien voor ze in hun kamers of naar vrienden verdwijnen.

Freek pakt haar koffer uit en helpt haar in haar nachthemd. 'Red je het zo?' Bezorgd kijkt hij op haar neer als ze onder het dekbed kruipt.

'Ja, dank je. Je bent een schat.'

'Slaap lekker, lieverd.' Hij geeft haar een snelle kus, gaat de slaapkamer uit en sluit zachtjes de deur. 'Zet je je muziek niet te hard? Mama slaapt,' hoort Senta hem tegen een van de kinderen zeggen.

Maar ze slaapt niet en is dat ook niet van plan. Alles wat ze wil is stil op haar rug liggen, naar het witte plafond kijken en genieten van de rust. Maar waar ze ook kijkt, overal verschijnt het huis op haar netvlies. Is het een herinnering? Een moment uit het uur dat uit haar geheugen is verdwenen? Maar waarom herinnert ze zich een huis en niet het moment waarop ze het water in reed?

Peinzend kijkt Senta voor zich uit. Het was een mistige middag en ze was verdwaald. Het enige wat ze kan bedenken is dat ze ergens de weg heeft gevraagd. Misschien heeft ze een tijdje in dat huis gezeten tot de mist wat optrok, heeft ze er iets gedronken, is ze gezellig aan de praat geraakt met de bewoner. Misschien was dat wel degene die haar later uit het water heeft gehaald.

Met een schok vliegt Senta overeind. Haar redder! Ze is helemaal vergeten naar hem te informeren. Natuurlijk, hij heeft de toedracht gezien, hij kan een paar ontbrekende stukjes van de puzzel aanvullen.

Van slapen komt niets meer. Rusteloos gooit ze het dekbed van zich af, trekt een ochtendjas aan en gaat naar beneden. Een sterke uienlucht komt haar tegemoet en Freek kijkt verrast om.

'Kun je niet slapen?'

'Nee, ik ben te onrustig. Ik moest opeens denken aan die man die me heeft gered. Weet jij wie dat was?'

'Ja, ik heb het opgeschreven. Ik kon me voorstellen dat je hem wilde bedanken. En de politie heeft gezegd dat het soms goed is als slachtoffer en redder elkaar leren kennen. Dat helpt bij de verwerking.'

'Het zou ook mijn geheugen op gang kunnen brengen. Het zit me dwars dat ik dat stukje kwijt ben.'

'Ja, dat kan ik me voorstellen. Iedereen kan wel zeggen dat een uurtje niet zo belangrijk is, maar als dat uur vooraf is gegaan aan zo'n ingrijpend moment... Ik zou ook willen weten wat er was gebeurd.' Geroutineerd schept hij de uien in de pan om en om.

'Waar heb je de gegevens van die man?' vraagt Senta.

'Ik heb ze voor in mijn agenda gezet. Hij ligt bij de computer. Maar Senta...' Hij kijkt met een lichte frons tussen zijn wenkbrauwen om. 'Moet dat per se nu? Je bent net thuis.'

'Ik schrijf het alleen even over. Ik bel die man van de week wel een keer. Misschien vindt hij het goed dat ik een keer bij hem langsga.'

Freek wijst waarschuwend met het mes naar haar. 'Je weet dat je voorlopig niet achter het stuur mag.'

'Wie heeft dat gezegd?' Verbaasd kijkt Senta hem aan. 'Ik ben prima in orde. Waarom zou ik niet achter het stuur mogen? Net wilde je nog dat ik een proefritje ging maken.'

'Onder begeleiding! Stel je voor dat je een black-out krijgt.'

'Waarom zou ik een black-out krijgen? Heeft dokter Reijnders gezegd dat dat kan gebeuren?'

'Nee, maar je weet maar nooit.'

'O...' Senta krabt nadenkend aan haar wang. 'Eens kijken, en wanneer schat je in dat ik weer capabel ben om zelfstandig op pad te gaan?'

Met een zucht draait Freek zich naar haar toe. 'Doe niet zo sarcastisch, Senta. Ik ben bezorgd, dat kun je je toch wel voorstellen?'

Zijn schouders hangen een beetje en hij ziet er opeens zo moe en afgetobd uit dat Senta in een opwelling van berouw een stap naar hem toe doet en haar armen om hem heen slaat. 'Sorry, je hebt gelijk. Ik zou ook bezorgd zijn als het om jou ging. Maar eerlijk gezegd kan ik bijna niet wachten om aan het werk te gaan en mijn leven weer op te pakken.'

'Om te doen alsof er niets gebeurd is, bedoel je.'

'Ja, dat ook.' Senta zwijgt even en gaat met zachte stem door: 'Ik ben bang dat ik straks niet meer weg durf als ik te lang wacht.'

Freeks ogen zijn ernstig en begripvol. 'Een weekje rust houden is toch niet te veel gevraagd? Echt, Senta, je bent het aan jezelf verplicht om je lichaam te laten herstellen. Het heeft een hoop moeten doorstaan.'

Senta knikt berustend.

's Avonds geniet ze van de Mexicaanse maaltijd die Freek heeft klaargemaakt. Burrito's, nacho's, guacamole, haar lievelingseten en Freek draait daar zijn hand niet voor om. De goede Chileense wijn op tafel maakt het af, en bij wijze van uitzondering krijgen Niels en Denise ook een glas. Alleen Jelmer moet het doen met een colaatje, maar daar heeft hij geen problemen mee.

'Wijn is vies, ik snap niet dat jullie dat lusten.'

Zijn vader knikt goedkeurend. 'Houden zo.'

'Ik vind het ook niet zo lekker,' bekent Denise na een klein slokje. 'Zo bitter. Heb je geen zoete wijn?'

'Neem ook maar een glas cola,' raadt Senta aan. 'Ik ben er eigenlijk helemaal geen voorstander van dat je alcohol drinkt. Voor je het weet vind je het veel te lekker.'

'Ja, en dan ben je net zo verslaafd als papa en mama,' zegt Jelmer tussen twee happen burrito door.

Senta en Freek kijken sprakeloos op en zeggen tegelijk: 'Nou ja!'

'Jullie drinken bijna iedere avond wijn bij het eten,' zegt Jelmer beschuldigend.

'Als het daarbij blijft, kan het helemaal geen kwaad,' weerlegt Freek rustig. 'Maar voor jongeren, bij wie de hersenen nog in de groei zijn, is het wel degelijk schadelijk. Dat is het verschil.'

'Schenk Jelmer dan maar lekker in. Daar zit niets dat kan groeien.' Niels tikt op zijn broertjes hoofd, waarop Jelmer hem bekogelt met de bruine bonen die uit zijn burrito zijn gevallen.

Denise proest het uit, maar Freek maakt met een boze uitroep een einde aan de chaos.

'Nou! Hou eens even op! Je moeder is net een paar uur het

ziekenhuis uit en het gedonder begint alweer!'

Verschrikt kijken de kinderen in de richting van Senta, maar die zit met haar gezicht achter haar servet te lachen.

'Ik ben zo blij dat ik weer thuis ben,' zegt ze.

De avond verloopt rustig en gezellig. Zo uithuizig en teruggetrokken als de kinderen normaal altijd zijn, deze keer zitten ze als een modelgezinnetje bij elkaar in de woonkamer te praten en te lezen. De tv staat aan, maar is eigenlijk een storend object op de achtergrond. Tot het achtuurjournaal begint. Onmiddellijk trekt Freek zich terug uit het gesprek en keert zich naar de televisie. Noodgedwongen kijkt Senta mee naar de lange opsomming van het leed in de wereld. Ze kan het er niet goed bij hebben, maar ze weet dat Freek het journaal beroepshalve niet graag mist. Na een tijdje dwalen haar gedachten af en kijkt ze zonder werkelijk iets te zien.

'Hebben ze die gek nou nog niet?' zegt Niels. 'Dat is toch niet te geloven.'

'Die is allang de grens over,' merkt Freek op. 'Ze krijgen hem nooit meer te pakken.'

Afwezig kijkt Senta naar de beeldvullende foto van een man met kort zwart haar en een rond, stuurs gezicht.

'Een ontsnapte tbs'er,' licht Niels haar in. 'Gevlucht tijdens zijn proefverlof, heeft een vrouw gewurgd en een man doodgeslagen.'

'Wat een engerd.' Met een half oog kijkt Senta naar het beeldscherm. Ze volgt de berichtgeving over de tbs'er niet echt, maar als het weerbericht begint, voelt ze toch een vreemde opluchting.

32

Traag opent Lisa haar ogen. Ze heeft de hele nacht wakker gelegen. Iedere beweging die Kreuger in haar bed maakte ging als een schokgolf door haar lichaam, iedere snurk en ieder bromgeluid in zijn slaap deed haar verstarren, en als zijn hand haar lichaam beroerde, was het alsof hij een openliggende zenuw aanraakte.

De opluchting toen hij 's morgens vroeg opstond en haar rustig liet liggen, was als een pijnstillend infuus dat in haar ader leegliep.

Ze rekt zich uit en kijkt op als de deur opengaat. Anouk glipt naar binnen en kruipt dicht tegen haar aan. Haar dochter dommelt in en Lisa streelt zacht haar donkere haar. Met nietsziende ogen kijkt ze naar een kier in het gordijn en het binnenvallende daglicht. Als alles anders was gelopen, zouden ze nu opgevangen zijn in een politiebureau. Of waarschijnlijk was Kreuger vannacht meteen gearresteerd en zouden ze het huis weer voor zichzelf hebben. Zou ze ooit nog zo zorgeloos als vroeger in dit huis kunnen wonen? Als ze hier al blijft, gaan alle spullen die Kreuger heeft aangeraakt de deur uit, en dit bed als eerste.

Maar aan de toekomst denken is een luxe die ze zichzelf niet kan toestaan zolang ze zich in deze nachtmerrie bevindt. Het is niet eens zeker of ze wel een toekomst heeft.

Er klinken zware voetstappen op de trap. In een impuls springt Lisa uit bed, tot ze beseft dat ze naakt is. Snel kruipt ze terug onder het dekbed.

Kreugers lange gestalte vult de deuropening. 'Voel je je wat beter?'

Je zou de frons tussen zijn wenkbrauwen voor bezorgdheid kunnen aanzien, maar Lisa hoort de onderklank van irritatie in zijn stem.

'Ja,' zegt ze onderdanig.

'Niet meer misselijk?'

'Nee, het gaat wel weer.'

'Neem een douche,' raadt Kreuger aan. 'Het stinkt hier *like hell*.'

Hij draait zich om en ze hoort hem naar beneden gaan. Langzaam, om Anouk niet wakker te maken, komt ze overeind en slaat het dekbed terug. Een douche, dat is een goed idee. Hoewel het misschien beter is om met een zuur ruikende adem en de kotsrestjes nog in haar haar beneden te komen. Desondanks zet ze de douche aan. Even later spoelt de warme straal, de afgelopen nacht weg, maar pas nadat ze zich van top tot teen heeft ingezeept en ze drie keer achter elkaar haar haren heeft gewassen voelt ze zich wat beter.

Met een handdoek om haar lichaam geslagen loopt ze terug naar de slaapkamer en kijkt in haar kledingkast. Een wijdvallend grijs vest en een afgedragen spijkerbroek lijken haar een geschikte keus.

'Mam, is hij weg?' Slaperig richt Anouk zich op.
Lisa schrikt op uit haar gedachten. 'Nee, hij is beneden.'
'O.' Op blote voeten loopt Anouk naar de badkamer.
'Waarom slapen we weer in ons eigen bed?' vraagt ze als ze terug is.
'Ik weet het niet precies. Ik denk dat hij vriendjes met ons wil zijn.'
Bedachtzaam kijkt Anouk in de grote spiegel van de kledingkast. Ze loopt naar haar eigen kamer en komt terug met een roze diadeempje in haar ongekamde haar.
'Ik wil geen vriendjes met hem zijn,' zegt ze beslist, alsof ze in de tussentijd heeft nagedacht en een besluit heeft genomen.
'Nee, ik ook niet.' Lisa trekt haar dochter naar zich toe en knuffelt haar. 'Maar we moeten doen alsof, weet je nog?'
'Dat weet ik. Maar ik vind het soms wel moeilijk.'
'Ja, ik ook, maar weet je...' Lisa wil net een goed gesprek met haar dochter beginnen als ergens in huis de telefoon gaat.
Alert kijken ze elkaar aan, en Lisa bedenkt hoe absurd het is om een kind van vijf als bondgenoot te hebben.
Het gerinkel klinkt dof, alsof het uit een kast komt. Beneden komt Kreuger in beweging, loopt de kamer door en gaat de hal in. Er wordt een sleutel in een slot omgedraaid en het geluid klinkt wat helderder.
De telefoon ligt dus in de gangkast of in de meterkast.
Met ingehouden adem wacht Lisa op Kreugers bevel om naar beneden te komen en op te nemen. Maar voor het zover is, wordt het weer stil.
In de verwachting dat er straks nog een keer gebeld zal worden, gaan ze samen snel naar beneden.
'Wie was dat?' waagt ze te informeren.
'Menno.' Kreuger stopt de telefoon in zijn broekzak en loopt de kamer in.
Lisa's mond wordt droog. Ze is niet gelovig, maar nu bidt ze

vurig dat hij niet nog een keer zal bellen. Hij is minder gemakkelijk af te schepen dan haar moeder. Menno is niet bepaald een geduldig type, en als hij haar wil spreken, belt hij net zo lang tot hij haar te pakken heeft.

In de keuken pakt ze kaas, boter en brood uit de koelkast.

'Was dat papa?' vraagt Anouk op indringende fluistertoon.

Lisa knikt en legt haar vinger op haar lippen.

Anouk schuift aan de keukentafel. 'Papa en ik zouden naar de dierentuin gaan.'

Door de half openstaande deur probeert Lisa Kreuger in de gaten te houden, maar hij bevindt zich buiten haar blikveld. Met een zucht draait ze zich om naar het aanrecht en schaaft kaas voor op Anouks boterham.

De telefoon gaat opnieuw, en ze schrikt zo dat ze uitschiet met de kaasschaaf. Met haar bloedende duim in haar mond wacht ze gespannen af, maar Kreuger roept haar niet. Hij laat de telefoon gewoon overgaan, tot het antwoordapparaat aanslaat.

Een vertrouwde stem vult het huis, een stem die Lisa de tranen in de ogen doet schieten.

'Met mij,' hoort ze hem aarzelend zeggen. 'Ik had je al eerder willen bellen, maar het kwam er niet van. Ik wil even afspreken wanneer ik met Anouk naar de dierentuin kan gaan.' Stilte. 'Ik mis je, Lisa. Ik hoop dat je je bedenkt. Monique weet het nu ook van ons. Ik heb het haar verteld. Ze wil een scheiding, Lisa.'

Weer een stilte, dan kondigt een klik aan dat hij opgehangen heeft. Zijn laatste woorden galmen na in Lisa's hoofd, dan daalt er een doodse stilte neer.

Als bevroren staat ze bij het aanrecht, haar duim nog steeds in haar mond, haar ogen strak op de deur gericht. Anouk, die eerst blij keek bij het horen van haar vaders stem, kijkt nu aarzelend, alsof ze gevaar bespeurt. In de kamer roert zich niets, tot een zware stap in de richting van de keuken komt. Een onheilspellend zware stap, alsof Kreugers ingehouden woede een uitweg vindt in zijn manier van lopen.

Eén stap opzij is genoeg om Lisa zicht op de huiskamer te bieden. En op Kreuger, die met grote stappen naar de keuken loopt.

33

Met een enkel gebaar dirigeert ze Anouk naar de bijkeuken en achter elkaar glippen ze naar binnen.

De deur van de kelder is open en de sleutel steekt nog in het slot. Dat wist ze, ze heeft het gisteravond voor ze naar bed ging gezien en vaag bedacht dat ze in geval van nood altijd nog de kelder in konden vluchten, maar alleen in uiterste nood, want dan zitten ze als ratten in de val.

Daar is ze zich sterk van bewust als ze Anouk naar binnen laat gaan. Maar ze heeft geen keus. Op het moment dat ze Kreuger de keuken hoort binnenkomen, haalt ze de sleutel uit het slot en stapt ze zelf de kelder in. Haastig trekt ze de deur achter zich dicht en draait de sleutel om. Onmiddellijk sluit een grijze duisternis hen in. Slechts een klein beetje daglicht weet zich door het hoge raam naar binnen te wurmen, om zonder veel effect op de betonvloer te vallen.

Ze staan nog boven aan de trap als Kreuger zich op de deur stort. 'Doe open!' brult hij. 'Doe open, vuile teef!'

In het schemerdonker ziet Lisa dat Anouk haar vingers in haar oren heeft gestopt en van top tot teen trilt. Ze trekt haar naar zich toe.

'Ik wist het wel!' schreeuwt Kreuger. 'Je bent geen haar beter dan al die andere wijven! Met je vuile leugens! Als ik je in mijn vingers krijg, snij ik je tieten eraf en wurg ik je met je eigen bh!'

Zijn schouder ramt de deur, maar het zware hout weerstaat zijn aanval moeiteloos. Lisa en Anouk lopen voorzichtig het trappetje af, slaan de armen om elkaar heen en wachten af.

'Mama...'

'Stil maar, hij kan niet bij ons komen.' Lisa's stem beeft licht.

Het gebeuk en gescheld houdt enige tijd aan, maar opeens wordt het stil. Tot haar frustratie kan Lisa geen enkel geluid opvangen dat verraadt wat Kreuger van plan is. De deur dichttimmeren? Brand stichten? O god, alsjeblieft niet.

In de uren die volgen, hoort ze zijn zware voetstappen boven haar hoofd en stroomt er nu en dan water door de leidingen die langs de kelder lopen. Meermalen hoort ze hem de bijkeuken binnenkomen en houden zijn voetstappen voor de kelderdeur halt. Dan houdt ze haar adem in en wacht op het geluid van een breekijzer of een zaag. Maar Kreuger lijkt niet van plan zich met dat soort activiteiten te vermoeien. Hij laat hen rustig in de kelder zitten en Lisa begrijpt waarom: ze hebben hier beneden geen eten, geen drinken en geen beddengoed. Ze kunnen de nacht doorbrengen op de kussens van de tuinstoelen, maar daar houdt het mee op. Dat zou niet zo erg zijn als ze maar de beschikking hadden over water. Zonder voedsel houden ze het wel een tijdje vol, maar hoe lang kan een mens zonder vocht?

Voor de vierde keer speurt ze de ruimte minutieus af, in de hoop een vergeten blikje cola of flesje water, desnoods een fles wijn, te vinden. Vroeger bewaarde ze hier haar voorraad, tot ze een keer van de steile trap viel en haar enkel brak. Daarna heeft ze alles in de bijkeuken en garage gezet, wat ook veel praktischer was. Zeker toen Menno de kelder als zijn klusdomein ging beschouwen, had ze er niet veel meer te zoeken. Hij knutselde graag, maar in zijn eigen huis was daar, bij gebrek aan kelder of garage, geen ruimte voor. Het was zelfs voorgekomen dat hij onder háár dak een tweedehands fietsje repareerde en schilderde, als verjaardagscadeau voor zijn oudste zoon.

Pijnlijk scherp herinnert ze zich de dag waarop ze ontdekte hoe dicht liefde en haat naast elkaar lagen. De dag dat ze besefte dat haar fantasieën een eigen leven waren gaan leiden en hun eigen realiteit hadden gecreëerd.

Menno behoorde haar toe, maar slechts een deel van hem. Het andere deel zou altijd onlosmakelijk met zijn vrouw Monique verbonden zijn. Al had ze nog zo haar best gedaan om niet emotioneel afhankelijk van hem te worden, toch sloeg de dag dat ze besefte dat hij nooit voor haar zou kiezen een krater in haar bestaan.

Hij had haar een paar weken na hun eerste ontmoeting verteld dat hij getrouwd was en dat zijn vrouw in verwachting was. Lisa begreep dat hij haar tijdens haar zwangerschap niet in de steek wilde laten. En ook de eerste tijd na de geboorte van Sam drong ze er niet op aan dat hij bij Monique weg zou gaan. Maar ieder vrij moment was hij bij haar, Lisa, en dan zuchtten ze omdat ze elkaar niet een jaartje eerder hadden ontmoet en droomden ze over hun toekomst samen. Ze had er vast in geloofd, en ze geloofde er nog steeds in toen Sam een jaar was. Pas toen Monique opnieuw in verwachting raakte, begon Lisa te twijfelen. Ze overstelpte Menno met verwijten. Hoe kon hij nou zo stom zijn om dat te laten gebeuren? Moest ze soms weer de hele zwangerschap van Monique en de peutertijd van hun tweede kind uitzitten voor hij bij zijn vrouw wegging? Ze geloofde er niet meer in, en ondanks Menno's smeekbeden en verzekering dat hij het serieus met haar meende, verbrak Lisa hun verhouding.

Nachtenlang huilde ze zichzelf in slaap, maar ze hield stand: ze wilde Menno niet meer zien.

De ommekeer kwam toen hij haar twee cadeautjes stuurde. In het ene pakje zat een blauw babyhansopje en in het andere een roze. Hij wilde een kind met haar, stond op het kaartje, als levend bewijs dat hij voor haar ging en niet voor zijn gezin.

'Als je nu je gezin verlaat, ben je een nog grotere lul dan ik al dacht,' schreef ze terug. 'Ik wil iets beters voor mijn kinderen. Voor mezelf trouwens ook.'

Niet lang daarna ontdekte ze dat ze zwanger was.

In tegenstelling tot wat ze Kreuger heeft verteld, was de periode na Anouks geboorte één groot feest. De bevalling was voorspoedig verlopen, ze had geen postnatale depressie en zat wekenlang op een roze wolk. En Menno zat naast haar, even stralend als zij.

'Dank je, dank je,' zei hij telkens weer terwijl hij Anouks zwarte haartjes kuste. 'Ik had al twee zoontjes en nu heb jij me nog een dochtertje gegeven. Wat is ze prachtig, Lisa! Kijk toch eens naar haar!'

Ze had gekeken, en toen naar Menno, en ze had de diepe liefde voor haar en Anouk in zijn ogen gezien. En ze hadden zich verzoend.

'Ik ga bij Monique weg,' beloofde hij haar. 'Ons huwelijk stelt niet veel voor, het heeft nooit veel voorgesteld. Niet nadat ik jou heb leren kennen. Ik ben al die ruzies en dat bezitterige gedrag van haar zo zat. Heb nog even geduld, Lisa. Ik moet een geschikt moment vinden om het haar te vertellen. Het is niet niets, ik moet ook rekening houden met Sam en Tim.'

Dat begreep Lisa en ze gaf hem die tijd. Maar toen ze Anouks eerste verjaardag vierde was er nog niets veranderd. En Anouk was al anderhalf toen Lisa Menno en zijn gezin onverwacht tegenkwam.

Vanaf dat moment komt Kreugers verhaal haar akelig bekend voor. De ontreddering, wilde jaloezie en haat die in hem loskwamen toen hij zijn ex-vrouw en kinderen in gezelschap van die andere man tegenkwam. De onweerstaanbare drang om zich te wreken, om te doden. Maar waar hij uiting aan die gevoelens gaf, had zij aan haar innerlijke rem getrokken. Op het laatste moment pas, dat wel.

Ze stond met haar auto voor het stoplicht te wachten toen ze hen plotseling zag. Ze kwamen net de hoek om, het oudste jongetje huppelde voor hen uit, de jongste zat in de buggy. Ze zagen er niet uit alsof ze huwelijksproblemen hadden. Integendeel, hun gezichten stonden vrolijk en ze praatten en lachten. En vlak voor Lisa's neus kusten ze elkaar, waarna ze zich splitsten. Monique ging met de kinderen de speelgoedwinkel in en Menno ging vlug naar de tabakszaak aan de overkant.

Hij stak gewoon over en keek nog even over zijn schouder om iets naar zijn vrouw te roepen. Monique lachte, stak haar duim op en gaf hem een kus in de lucht.

En Lisa trok op. Het stoplicht was op groen gesprongen, de chauffeur naast haar liet de motor waarschuwend grommen voor de man die nog snel even wilde oversteken.

Als ze het gaspedaal had ingedrukt met de felheid die ze in gedachten had, zou Menno twee seconden later onder haar wielen hebben gelegen. Heel even was de verleiding groot.

Daar ga je, dacht ze.

Maar ze hield alleen haar voet in de aanslag boven het gas en aarzelde. Een klein moment van bezinning dat Menno het leven redde. Een moment waar ze meteen daarna dankbaar voor was, al golfde de woede nog lange tijd door haar lichaam, om later over te gaan in een diep, bitter verdriet.

Dezelfde dag verbrak ze hun relatie, bang voor de intensiteit en de snelle wisseling van haar gevoelens.

34

Ze zitten de hele middag op de grond, op de kussens van de tuinstoelen, en die nacht slapen ze er ook op. Zonder dekens, maar met de armen om elkaar heen. Anouk beklaagt zich niet één keer en verdraagt honger, dorst en ongemak met een berusting waarin ze haar leeftijd ver vooruit is. Gelukkig heeft de penicilline zijn werk goed gedaan, want ze maakt geen zieke indruk meer. Maar hoe lang zal dat duren, in deze vochtige kelder?

'Als papa komt, stuurt hij hem wel weg, hè?' Er ligt een hoopvolle verwachting in Anouks ogen en Lisa heeft het hart niet om haar die strohalm te ontnemen.

'Zeker weten,' zegt ze. Tegelijk bedenkt ze verontrust dat de kans heel groot is dat Menno morgen langskomt. Hoe zal Kreuger daarop reageren? Hij heeft het bericht ook gehoord, misschien gaat hij er voor die tijd wel vandoor.

'Ik heb het een beetje koud,' bekent Anouk kleintjes.

Lisa trekt haar dicht tegen zich aan. Dit kind heeft haar zoveel vreugde geschonken. Ook al is het leven niet helemaal verlopen zoals ze had gewild, het heeft in ieder geval Anouk opgeleverd.

Wat had hij gezegd op het antwoordapparaat? Dat hij ging scheiden van Monique? Hoop, vermengd met de vrees dat ze alles wat ze net heeft verwerkt opnieuw zal moeten doorstaan, overvalt haar. Met gesloten ogen zit ze tegen de muur, Anouk in haar armen.

35

Eigenlijk had ze zich er iets anders van voorgesteld om weer thuis te zijn. Onrustig drentelt Senta door de woonkamer, een beker koffie in de hand. Een lange middag ligt voor haar, vol uren die ze alleen met haar gedachten kan vullen. Als het aan haar lag zou ze gewoon weer aan het werk gaan. Wat heeft het voor zin om de hele dag thuis rond te hangen? Als werken nog niet gaat, merkt ze dat vanzelf. Werken is voor haar geen straf, het is het liefste wat ze doet. Bovendien leidt het af van dat zinloze gepieker over wat haar is overkomen, en hoe dicht ze bij de dood is geweest. Het is niet goed om te lang bij dat soort dingen stil te staan.

Om een beetje afleiding te vinden neemt ze plaats achter de piano en zet de koffie op een stapel lesboeken van Denise. Ze spelen beiden piano, maar Senta is er de laatste jaren nauwelijks aan toegekomen. Ongeïnspireerd tingelt ze met één hand de eerste noten van *Für Elise*, maar dan weet ze niet meer hoe het verdergaat. Een paar jaar geleden speelde ze dat stuk nog moeiteloos uit haar hoofd.

Haar ogen glijden naar de zilveren fotolijstjes die op de piano staan uitgestald. Foto's van de kinderen toen ze nog schattige kleuters waren. Vol aandacht bekijkt ze ze. Wat zijn ze groot geworden. Hun ronde wangen zijn magerder geworden, hun ogen minder open en nieuwsgierig. Op de foto's die ze nu maakt, staan ze er altijd een beetje lijdzaam bij, alsof ze vooral poseren om haar een plezier te doen.

Een gevoel van heimwee overvalt haar, al weet ze dat ze zichzelf daarmee voor de gek houdt. Als je het verleden terug wilt, krijg je ook álles terug, inclusief de slapeloze nachten en het gebrek aan tijd voor jezelf.

Het is goed zo, besluit ze. Ze is tevreden met haar leven, haar werk en haar vrijheid. Ze kan zich zelfs al verheugen op het moment dat ze weer alleen is met Freek en ze de wereldreis kunnen maken waar ze al zo lang van dromen.

Meteen gaan haar gedachten naar Alexander, alsof zijn naam onlosmakelijk is verbonden met die van Freek. Tot haar verrassing voelt ze niet het vertrouwde gemis. Wat onlangs nog een welkome aanvulling op haar leven was, is nu vooral een complicatie die ze kan missen als kiespijn. Hoe heeft ze kunnen denken dat haar leven saai was, dat haar werk, echtgenoot en kinderen niet voldoende waren om haar gelukkig te maken?

Senta pingelt nog wat op de piano, maar houdt er al snel mee op. Het is een mooie, zonnige dag. Freek heeft haar de hele ochtend trouw gezelschap gehouden. Bij iedere stap die ze deed, iedere geeuw en het kleinste geluidje, keek hij gealarmeerd op, alsof ze ieder moment met schuim op haar lippen ineen kon zijgen. Hij kan niet geloven dat ze niets aan haar benauwde avontuur in het water heeft overgehouden, en de waarschuwing van dokter Reijnders dat er altijd op een later moment nog een longontsteking kan ontstaan heeft hij zeer serieus genomen.

Een noodoproep van de krant plaatste hem voor een groot dilemma. Kon hij wel naar de redactie gaan en zijn vrouw alleen thuislaten?

'Ga nou maar, ik red me wel,' spoorde Senta hem aan. 'Echt, als er bubbels uit mijn mond komen, dan bel ik je.'

Hij kon er niet om lachen. 'Dan bel je onmiddellijk 112. Heb je je mobieltje in je zak? Goed zo. Houd het bij je, laat het niet ergens rondslingeren.'

'Dat zal ik doen. Dag, lieverd.' Senta kuste haar man en wuifde hem na voor het raam.

Toen het geluid van de auto was weggestorven, bleef ze nog lange tijd staan. De kinderen waren al naar school, en met Freeks vertrek daalde er een weldadige rust in huis neer.

Maar na een uurtje tijdschriften lezen, e-mails beantwoorden en met haar vader bellen begon de rust op haar zenuwen te werken. Ze is zelden alleen thuis, en als dat gebeurt, is ze aan het werk.

Met een paar slokken drinkt Senta haar koffie op. Daarna zoekt ze in de werkkamer tussen de rommel op haar bureau naar het papiertje waarop ze het adres van haar redder heeft geschreven. Het is nog niet ondergesneeuwd, dus ze heeft het snel te pakken.

'Rob Wenteling,' leest ze hardop voor. Zijn adres en telefoonnummer staan eronder.

Ze pakt de telefoon en belt hem op.

'Rob Wenteling.'

'Goedemiddag, u spreekt met Senta van Dijk.' Haar benen voelen opeens wat slapjes aan en ze laat zich snel op de bureaustoel zakken. 'Ik bel u om u te bedanken.'

Even is het stil, dan zegt Rob Wenteling: 'U bent de vrouw die in het water is gereden.'

'Ja. En u heeft mij eruit gehaald. U begrijpt hoe dankbaar ik u ben.'

Rob Wenteling wimpelt de dankbetuiging meteen weg. 'Dat zou iedereen gedaan hebben. Hoe gaat het met u?'

'Ik ben gisteren uit het ziekenhuis ontslagen. Dat is vrij snel, gezien de omstandigheden. Ik heb veel geluk gehad.'

'Dat heeft u zeker! U heeft er niets aan overgehouden?'

Ze praten even over Senta's gezondheidstoestand en dan vraagt ze of hij vanmiddag thuis is. Rob Wenteling antwoordt bevestigend; hij is met pensioen en heeft de tijd aan zichzelf.

'Ik zou graag even bij u langs willen komen om u te bedanken. En om naar de plaats van het ongeluk te gaan,' zegt Senta.

Meneer Wenteling stemt meteen toe en biedt aan om met haar mee te gaan. 'Ik kan u de precieze plaats laten zien.'

'Heel fijn.' Senta kijkt op haar horloge. 'Het is wel een uurtje of twee rijden.'

'Ik wacht op u,' is het eenvoudige antwoord en dan hangen ze op.

Vervuld van nieuwe energie zoekt Senta haar spullen bij elkaar. Het is lastig dat er zoveel verloren is gegaan. Een tas is niet het grootste probleem, ze heeft er meerdere, maar het is nog even wachten op een nieuw rijbewijs. Haar pinpas werkt nog, dat heeft Freek al uitgeprobeerd. Ze kan zonder probleem tanken en een grote bos bloemen kopen voor haar redder.

Even later zit ze een beetje onwennig achter het stuur van haar nieuwe auto en bestudeert het dashboard. Dat lijkt geen onoverkomelijke problemen op te leveren. Het is vrijdagmiddag, het is nog rustig op de weg, ze komt er tijdens het rijden wel achter waar alle knoppen zitten. Even welt iets van angst in haar op, maar als ze start en de oprit van haar huis afrijdt, is dat verdwenen. De Toyota Auris gehoorzaamt rustig en praktisch geruisloos. Wat een heerlijke auto! Het is alsof ze vliegt. Verrukt rijdt Senta de weg op.

Ze wil links afslaan, naar de ring, maar ze bedenkt zich en rijdt naar winkelcentrum Binnenhof. Daar parkeert ze en ze loopt op een drafje naar de winkels. Bij de bloemist haalt ze een enorme bos bloemen, bij de slijter een goede fles wijn en dan, op het laatste moment, loopt ze Halfords binnen en schaft een life hammer aan. Fluorescerend, zodat je hem ook in het donker meteen kan vinden.

Terug bij de auto legt ze de bloemen en de wijn achterin, en achter het stuur haalt ze de life hammer uit de verpakking. Ze stopt hem in haar jaszak, start de motor en de Toyota glijdt de parkeerplaats af. Even later is ze op weg.

Het is een ontspannen ritje. Ze zet de radio aan en zingt zachtjes mee met de nieuwe hits, die ze uit haar hoofd kent omdat Denise en Niels ze iedere dag luid door het huis laten schallen. Maar telkens als er ergens water blinkt, verstomt haar gezang en mindert ze snelheid. Alert op onverwachte manoeuvres houdt ze het achteropkomend verkeer en tegenliggers scherp in de gaten. Pas als er een vangrail naast haar opduikt die haar de rest van de route begeleidt, durft ze zich te ontspannen, maar zodra de waterkant weer verraderlijk open naast haar opduikt, omklemmen haar handen het stuur tot haar knokkels wit zien.

Rustig nou, spreekt ze zichzelf in gedachten toe. Je rijdt niet hard, er is geen kip op de weg en je rijdt níét het water in. En als het toch gebeurt, heb je een life hammer. Eén tik tegen het raampje en je bent eruit.

Toch herademt ze als ze eindelijk de snelweg opdraait en er geen water meer in haar directe omgeving te zien is. Als je geen rekening houdt met de mogelijkheid dat je het water in kan rijden, besteed je ook geen aandacht aan dat soort veiligheidsmaatregelen. Maar aan het trillen van haar handen te zien, ligt die tijd voorgoed achter haar.

36

‘Hier is het gebeurd.’ Rob Wenteling wijst naar het water, dat rustig voortkabbelt. De zon schijnt, het wateroppervlak glanst en weerspiegelt de rietkragen en de blauwe lucht. Een vriendelijk, mooi stukje natuur in het Gelderse landschap.

Senta staat tot haar enkels in het hoge gras en heeft moeite om tot zich door te laten dringen dat ze op deze plek een doodstrijd heeft geleverd. In gedachten daalt ze af naar de bodem van het water en huivert.

‘Gaat het wel?’ informeert Rob bezorgd.

Tijdens hun kennismaking en het overhandigen van de bloemen en de wijn was hij nog een vreemde voor haar, maar al na de korte versie van het verhaal van haar redding was het moeilijk om u te blijven zeggen. Rob stelde voor dat ze elkaar zouden tutoyeren.

‘In sommige culturen houden redder en slachtoffer voor altijd een spirituele band met elkaar,' zegt hij. 'Daar kunnen zelfs bloedbanden niet tegenop.'

Dat is ongetwijfeld waar. Ook al ziet ze deze man nooit meer, ze zal de rest van haar leven regelmatig aan hem denken. In ieder geval als ze in de auto zit en langs water rijdt.

'Ja, het gaat wel,' zegt ze, als ze merkt dat Rob haar onderzoekend opneemt.

Rob Wenteling is een rustige, statige grijsaard die er ouder uitziet dan hij is. Sinds zijn pensioen is hij opgehouden met de verplichte dagelijkse scheerbeurt, zodat hij nu een grijze baard en flinke, borstelige wenkbrauwen heeft ontwikkeld.

'De kinderen uit het dorp denken dat ik Sinterklaas ben,' zei hij lachend.

Dat kon Senta zich heel goed voorstellen. 'U heeft mij in ieder geval een heel mooi cadeau gegeven.'

Nadat ze samen koffie hadden gedronken zijn ze naar de plek des onheils gelopen. Wolf, de herdershond van Rob die hem afgelopen maandagmiddag vergezelde, liep zonder riem achter hen aan.

'Je kwam van die kant.' Rob gebaart naar links, waar de weg in een paar bochten van hen vandaan slingert. 'Ik hoorde je aankomen en ik dacht meteen, wat rijdt die hard. Ik ging aan de kant en riep Wolf bij me. Je reed voorbij, zag me waarschijnlijk niet eens in die mist, en opeens hoorde ik een plons. Ik begon meteen te rennen, maar je was een aardig eindje verder te water geraakt. Toen ik hier aankwam, was de auto al onder water verdwenen. Het duurde even voor ik de juiste plek gevonden had. Uiteindelijk zag ik de remsporen op de weg en de afdruk van de banden in het gras. Ik heb mijn schoenen uitgeschopt, heb met mijn mobieltje 112 gebeld en ben in het water gesprongen.'

Ze zwijgen beiden, hun ogen gericht op dezelfde plek.

'En toen?' vraagt Senta ten slotte.

Rob Wenteling vertelt. Over hoe beangstigend donker het

onder water was. Hij concentreerde zich op de auto, die hij alleen maar kon vinden omdat de lampen nog brandden. Maar terwijl hij ernaartoe dook, doofden ze opeens. Rob vloekte inwendig en begon onmiddellijk te twijfelen aan de locatie. De auto zonk snel. Hij kon niets zien van wat zich achter de raampjes afspeelde, maar hij kon zich er een voorstelling van maken.

Met krachtige slagen daalde hij af naar de bodem, waar de auto met een bons arriveerde.

Het viel hem tegen hoe donker het beneden was, te donker om te zien wat hij precies deed. Hij zwom om de auto heen en liet zijn hand over de zijkant glijden, op zoek naar de greep van het portier. Maar alles wat hij voelde was glas. Zijn hand gleed verder, zocht en tastte af en toen begon zijn hoofd te bonzen. Desondanks zocht hij verder en opeens sloten zijn vingers zich om de rand van het portier. Het stond een stukje open. Hij bewoog zich langs het portier voort en tastte de ruimte eromheen af, tot zijn hand langs iets zwaars streek dat half uit de auto hing. Een lichaam.

Tot zijn opluchting gaf het mee toen hij eraan trok. Als het nog in de gordel had gezeten, had hij een probleem gehad.

Het was niet zo moeilijk om haar uit de wagen te halen – onder water speelde het gewicht van haar lichaam geen rol – maar hij begon het steeds benauwder te krijgen. Met één arm om haar middel werkte hij zich naar het wateroppervlak.

De weg naar boven leek eindeloos te duren. De zuurstof in zijn longen raakte op en happend naar adem kwam hij boven. Met één arm werkte hij zich met zware, moeizame slagen naar de oever. Zijn vrije hand had het stugge riet beetgepakt en hij had zich opgetrokken. Het kostte hem al zijn krachten om Senta's zware, slappe lichaam achter zich aan te trekken. Hijgend worstelde hij zich naar boven, trekkend en slepend, en toen ze eindelijk terug op de oever waren, liet hij zich naast haar lichaam op de grond vallen. Zijn ademhaling ging piepend en stotend. Maar iedere seconde telde. Al die tijd onder water had ze meegewerkt, maar vlak voor ze bovenkwamen was haar lichaam verslapt. Ondanks zijn uitputting begon hij direct met mond-op-mondbeademing.

'Dus ik ben maar korte tijd bewusteloos geweest,' zegt Senta.

'Onder water wel, maar eenmaal boven lukte het me niet om je bij te brengen. Ik bleef je maar beademen, ik was bang dat ik je uiteindelijk zou moeten reanimeren. Gelukkig begon je op een gegeven moment te ademen, maar je bleef bewusteloos. Ik ben bij je gebleven en heb je ademhaling in de gaten gehouden tot de ambulance kwam,' vertelt Rob.

Geëmotioneerd slaat Senta haar beide armen om zich heen. Rob legt troostend een hand op haar schouder.

37

Als Senta de dijk op rijdt, heeft ze er even moeite mee dat ze elkaar waarschijnlijk nooit meer zullen zien. Alles wat gezegd moest worden is gezegd, maar toch.

Ze slaat linksaf, de richting waar ze vandaan kwam toen het ongeluk gebeurde. In een rustig tempo volgt ze de bochten van de dijk. Waarom reed ze in hemelsnaam zo hard, die bewuste middag? Ze heeft een hekel aan mist en is dan altijd extra voorzichtig. Waarom die dag niet?

Het enige waar ze op af kan gaan is een bepaald gevoel, dat nauw verband houdt met het huis dat ze steeds voor zich ziet.

Haar mobieltje gaat. Als ze het uit haar jaszak vist, ziet ze op de display dat het Alexander is. In eerste instantie wil ze opnemen, maar opeens ziet ze zichzelf met hoge snelheid over de dijk rijden terwijl ze met haar mobieltje rommelt. Rustig zet ze haar auto aan de kant en neemt dan pas op.

'Ik zit in de auto,' zegt ze zonder enige inleiding.

'In de auto. Nu al?' Alexanders stem klinkt verbaasd en ongerust.

'Maak je geen zorgen, het gaat prima met me. Ik ben naar de plek van het ongeluk gegaan.'

'O!' Nu klinkt hij geïnteresseerd. 'En, hoe was dat?'

'Vreemd. Ik kon me er niet zoveel bij voorstellen. Het is dat er remsporen op de weg staan, anders zou het een plek als alle andere zijn.'

'Hoe weet je dan zo zeker dat het op die plaats is gebeurd?'

'Ik heb contact gezocht met de man die me heeft gered. We zijn samen naar de dijk gegaan en daar heeft hij me zijn verhaal verteld. Ik heb echt geluk gehad, Alexander. Ongelooflijk veel geluk. Zonder Rob had ik het nooit gered, dat is duidelijk.'

'Kwamen er nog herinneringen naar boven?'

'Nee, dat niet. Alleen net toen jij belde. Ik zag mezelf in een flits over die dijk rijden terwijl ik met mijn mobieltje bezig was, en op dat moment voelde ik me even ongelooflijk opgejaagd.'

'Alsof je grote haast had,' zegt Alexander. 'Zou er iets gebeurd zijn? Ik bedoel, nog vóór dat ongeluk.'

'Dat zou je wel denken. Ik zie ook steeds een huis voor me. Ik ga nu de dijk volgen om te kijken of ik het kan vinden.'

'Kun je niet even op me wachten? Ik zou graag met je meegaan,' zegt Alexander.

'Dan moet ik hier drie kwartier blijven staan!'

'Tja, dat is wel veel gevraagd,' geeft Alexander toe. 'Vertel eens wat meer over je gesprek met je redder in nood. Waarom was hij net op die dijk, wat zag hij, wat heeft hij precies gedaan...'

Senta kijkt uit het raam. Een paar eenden zitten elkaar achterna en racen fladderend en met veel gesnater door het water.

'Het was mistig...' begint ze langzaam. Terwijl Senta haar

verhaal houdt, heeft ze voortdurend het gevoel dat Alexander niet echt luistert, dat hij met iets anders bezig is. Een toetsenbord rammelt en ze onderbreekt haar verhaal abrupt.

'Wat ben je aan het doen?'

'Wat?'

'Je maakt aantekeningen. Je zit te typen.'

'Eh...' Aan de aarzeling in zijn stem hoort ze dat ze gelijk heeft.

Er valt een stilte.

'Is je writer's block over?' informeert ze.

Hij lacht gemaakt, afwachtend.

'Je luisterde helemaal niet naar me.'

'Senta, dat is niet waar. Ik luisterde juist heel goed naar je.'

'Je luisterde wel, maar niet naar mij. Je luisterde naar je personage.'

Alexander zucht diep. 'Senta, je moet begrijpen...'

'Gebruik je dit voor een boek?'

Het is even stil. 'Ja,' zegt hij ten slotte. 'Maar dat wil niet zeggen...'

'Ik heb liever dat je me niet meer belt,' valt Senta hem in de rede.

'Dat meen je niet! Senta, alsjeblieft, ik...'

'Er zijn me de laatste dagen een paar dingen duidelijk geworden, Alexander,' onderbreekt Senta hem opnieuw. 'En een daarvan is dat ik van mijn man houd. Te veel om hem dit aan te doen. Ik had dit besluit al veel eerder moeten nemen, maar de oude Senta kon het niet. De nieuwe wel.'

Ze hoort hem zwaar ademen. 'Senta...'

'Veel succes met je boek,' zegt ze zacht. Dan hangt ze op en staart lange tijd voor zich uit.

38

Is hij nog in haar huis? Het zou net iets voor Kreuger zijn om ertussenuit te knijpen en hen dagenlang in die kelder te laten zitten. Iedere keer als Lisa een tijdje niets heeft gehoord, wordt haar voorzichtige hoop vervangen door ontgoocheling. Het geluid van voetstappen en stromend water telkens wanneer Kreuger doucht of de wc doortrekt, verraadt dat hij nog steeds aanwezig is. Ze heeft het vertrouwde geluid van de TNT-auto gehoord, en het geknars van de voetstappen van de postbode op het grind. Dat bracht haar op het idee om het hoge raampje in de kelder open te zetten en het briefje met de noodkreet door de smalle opening naar buiten te laten glijden. Door op een krukje te gaan staan, kon ze er net bij. Het is echter maar de vraag of ze er iets aan heeft, want aan die kant van het huis heeft niemand iets te zoeken.

In ieder geval is ze, zolang ze in de kelder zit, niet langer blootgesteld aan geweld en de seksuele driften van Kreuger.

Met kracht blokkkeert Lisa de herinnering aan die afschuwwekkende momenten. Ze kan zichzelf niet toestaan aan de verkrachtingen te denken als ze niet wil instorten. Iedere keer als de beelden in haar opkomen, verdringt ze ze naar een plek in haar onderbewustzijn, waar ze kunnen sluimeren zonder schade aan te richten. Ze is niet van plan ze ooit nog tevoorschijn te halen. In de psychiatrie is men misschien van mening dat het beter is voor de verwerking, maar wat is er mis met verdringing? Tot nu toe slaagt ze er bijzonder goed in om alles wat er gebeurd is vast te klemmen in haar onderbewustzijn. Ze neemt aan dat haar geest niet voor niets tot zoiets in staat is.

'Mama,' zegt Anouk moeizaam. 'Ik heb zo'n dorst.'

Lisa heeft ook dorst. Het moet al vrijdagochtend zijn. Haar tong ligt als een uitgedroogde homp in haar mond, haar speeksel is dik en stroperig en heeft een vieze smaak.

Hij laat ons hier verhongeren en uitdrogen, denkt ze. Een doodeenvoudige moord, hij hoeft er zijn handen niet aan vuil te maken.

De beelden die Lisa lange tijd heeft verdrongen, keren in volle hevigheid terug. Ze heeft ooit een programma op tv gezien, over een man die zijn eigen huis in brand had gestoken, waarbij zijn vrouw, kinderen en hijzelf omkwamen.

Het is lastig om in het hoofd te kijken van een kindermoordenaar, concludeerde de psychiater op tv. Onderzoekers hebben niet veel anders om zich op te richten dan het motief, en in de helft van de gevallen blijken ouders in een moeras van problemen te zijn weggezonken. Zelfmoord en het doden van hun kinderen om het hele gezin voor een miserabel leven te behoeden, is voor velen de enige uitweg. Iedereen heeft een opslagruimte waar hij wrok, haat en jaloezie bewaart. Alleen ruimen normale mensen zo nu en dan op, zodat de ruimte niet overvol raakt.

De dag glijdt voorbij. De duisternis en bedompte atmosfeer werken als een soort kalmeringsmiddel. Haar gevecht tegen de dorst vloeit over in berusting. Het is helemaal niet zo verschrikkelijk om je verzet op te geven en je gewoon bij de situatie neer te leggen. Ze voelt het zwarte gat dat onder haar gaapt aan haar trekken. De verleiding is groot om zich erin weg te laten zakken. Ze heeft al zo lang niet goed geslapen. Het voelt goed om de duisternis in te strompelen en te kunnen rusten. Niets meer aan haar hoofd. Niemand die haar nog iets kan doen. Ze sluit haar ogen en denkt aan Menno.

Als ze opschrikt van een hard geluid heeft ze geen idee hoe lang ze is weggeweest. Anouk ligt met gesloten ogen naast haar en ademt diep en regelmatig. Met enige moeite brengt Lisa haar arm omhoog en kijkt op haar digitale horloge. Tegen zevenen, het is alweer avond.

Ingespannen luistert ze, maar het huis is weer in stilte gedompeld.

Haar hoofd voelt zwaar, haar lichaam krachteloos. Ze kan nauwelijks iets zien, alleen een smalle streep licht onder de deur boven de trap. Het spook van de dorst steekt de kop op. Als een lap dood vlees zit haar tong tegen haar gehemelte geplakt.

Ze probeert zich te concentreren op het geluid dat haar heeft wakker gemaakt. Het leek op de klap van een dichtslaande deur. Is Kreuger vertrokken?

Moeizaam komt ze overeind, maar een aanval van duizeligheid doet haar terug op het kussen vallen. Ze vermant zich en gaat langzaam rechtop zitten. Voorzichtig staat ze op en schuifelt naar de trap. Met het zweet op haar voorhoofd werkt ze zich tree na tree naar boven. Ondanks haar hevig trillende vingers slaagt ze erin de sleutel in het slot te steken. Ze wacht even en legt haar oor tegen de deur. Er klinken stemmen in de woonkamer, en een daarvan is heel vertrouwd. Menno?

Hoop fladdert als een vrijgelaten vogel in haar borst.

Lisa draait de sleutel om en aarzelt een paar seconden. Dan duwt ze voorzichtig de deur open.

Met ingehouden adem duwt ze hem zo ver open dat ze er net door kan. Ze doet een stap de bijkeuken in. De stem van Kreuger klinkt opeens zo luid dat het lijkt alsof hij naast haar staat. In een reflex deinst Lisa terug.

Het duurt vele seconden voor ze zichzelf ervan overtuigd heeft dat ze echt alleen is.

Verlangend laat ze haar ogen door de bijkeuken glijden. Er liggen alleen flessen wijn in het rek. Voor de grootverpakkingen frisdrank moet ze in de garage zijn, maar die deur zit op slot. Ze is op de keuken aangewezen.

Ze schuifelt in de richting van de keuken en luistert scherp, maar alleen Kreuger is aan het woord. Intussen houdt ze haar ogen strak op het aanrecht gericht, op de glanzende kranen. Een voor warm en een voor koud water. Ze hoeft er maar aan te draaien en een levensreddende stroom vloeit eruit. Ze voelt de frisheid van het water al in haar uitgedroogde mond, voelt hoe het vocht het slijm van haar tong spoelt en door haar keel naar binnen gulpt. Wie er ook binnen is, het kan wel een paar seconden wachten.

Met haar ogen strak op de kraan gericht sluipt ze naar het aanrecht en gaat met haar mond onder de kraan hangen. De frisse stroom glijdt naar binnen en ze drinkt en drinkt, zonder er genoeg van te kunnen krijgen. Weer dringt de stem van Kreuger tot haar door, onderbroken door een andere die nogal bars klinkt. Hij lijkt op die van Menno. Lisa richt zich op en luistert. Mijn god, het ís Menno. Zal ze om hulp roepen, kan ze dat risico nemen? Voor ze de beslissing kan nemen, klinkt er in de woonkamer een schreeuw gevolgd door een luid gekerm.

Op haar tenen loopt ze naar de keukendeur. Voorzichtig kijkt ze om het hoekje de huiskamer in.

39

Kreuger staat gebukt met zijn rug naar Lisa toe. Degene die hij heeft binnengelaten staat eveneens zo, maar desondanks herkent Lisa hem meteen. De lange, rechte rug, het donkere haar, iets te lang in de nek, de handen, gebald op een verkrampte manier die zowel angst als woede verraadt. Menno is een kop groter dan Kreuger, maar het lange, vlijmscherpe mes dat Kreuger tegen zijn keel drukt maakt hem volslagen machteloos. Hij kan geen woord uitbrengen. Alleen Kreugers stem is te horen, zacht en sissend.

'Dus jij bent die klootzak die zijn vrouw belazerde met die slet hier?'

'Niet doen,' hoort ze Menno gesmoord zeggen. 'Alsjeblieft.'

Zijn smeekbede bereikt vertraagd Lisa's versufte brein, en maakt haar dan in één klap helder. Koortsachtig kijkt ze om zich heen. Een mes, een wapen, het maakt niet uit wat. Als ze nog langer wacht, haalt die gek nog uit met dat mes.

'Bek dicht, zak. Ik was aan het woord,' snauwt Kreuger. Hij begint te praten over trouw en niet meer van de mensen op aan kunnen, maar daar wacht Lisa niet op.

Er zijn geen messen, geen wapens. Alleen de stoel die bij de keukentafel staat. Lisa draait zich om en grijpt de bovenrand van de leuning beet.

De keuken is niet bijzonder groot, maar nu lijkt de afstand die Lisa, met de stoel in haar handen geklemd, moet overbruggen enorm. Vreemd ook dat zo'n onbetekenend houten stoeltje zo zwaar kan zijn. Haar hart gaat zo tekeer en er komt zo weinig zuurstof in haar longen dat ze opeens betwijfelt of ze wel iets kan uithalen tegen Kreuger. Haar ademhaling gaat zwaar en hijgend, straks hoort hij haar nog. Ze hyperventileert, beseft ze. Maar ze heeft geen andere keus dan Kreuger met die stoel te lijf gaan. Zelfs niet als dat betekent dat hij eerst Menno en dan haar ombrengt.

De deuropening doemt op als de poort naar een onbekend, gevaarlijk terrein. Op hetzelfde moment dat Lisa haar aanwezigheid wil prijsgeven, haalt Kreuger het mes langs Menno's keel. Menno valt opzij, zijn gezicht naar Lisa toe. Het duurt heel even voor het bloed begint te stromen, alsof zijn lichaam het nog niet goed heeft begrepen. Aanvankelijk welt er een kleine hoeveelheid bloed uit de wond op, maar dan gaan de sluizen open. Alsof dat nog niet genoeg is, steekt Kreuger met angstaanjagende felheid, alsof hij zich in één keer bevrijdt van al zijn frustratie, op Menno's lichaam in.

Lisa trekt zich schielijk terug en klampt zich aan de deurpost vast. Er bruist iets in haar op dat een ijskoude laag over haar huid legt en iedere hartslag doet nagalmen in haar hoofd. Haar blikveld wordt in een enkele seconde teruggebracht tot dat kleine stukje vloer waar Menno ligt. Hij ziet haar. Nog volledig bij bewustzijn, maar met het besef dat hij gaat sterven, houden zijn ogen de hare vast.

Ik hou van je, zeggen ze. Al heb ik fouten gemaakt, ik heb altijd van je gehouden.

Dat weet ik. En ik ben nooit opgehouden met hopen dat je voor mij zou kiezen.

Het spijt me zo. Het spijt me zo verschrikkelijk.

Zijn ogen worden glazig.

Blijf bij me, smeekt Lisa.

Ze probeert op hem te focussen, maar hij drijft van haar weg in een mist van tranen. Haar krachtigste gedachtegolven zijn niet bij machte hem bij haar te houden, en ze weet dat dit een afscheid is. Dat alle hoop op een hereniging met één haal van een mes weggesneden is, vervangen door het besef dat niets haar ooit nog met zoveel heftige, tegenstrijdige gevoelens zal vervullen. Simpelweg omdat ze dat niet meer toe zal staan. De intense pijn die door haar lichaam jaagt is te veel om nog een keer te moeten doorstaan.

Nog drie keer haalt Menno raspend adem, en bij iedere moeizame hap lucht is het alsof er een paar zenuwuiteinden bij Lisa afsterven, zodat ze totaal verdoofd achterblijft als hij haar verlaat.

Het ene moment hebben ze nog contact, het volgende moment beseft ze dat hij haar niet meer ziet. Met lege ogen staart hij voor zich uit. Ogen die haar hebben bewonderd, naar haar hebben geknipoogd en hebben gehuild toen ze hun relatie verbrak. Ogen die nooit zijn opgehouden haar liefhebbend aan te kijken. Ogen die haar hoop gaven, ondanks alles.

Lisa klampt zich vast aan de deurpost en houdt met een uiterste krachtinspanning haar verdriet binnen. Ze ziet dat Kreuger zich opricht en op het punt staat zich om te draaien. Snel doet ze een stap naar achteren, maar de stoel staat nog in de deuropening.

Zijn rennende voetstappen zetten een vluchtreflex in werking. Haar lichaam is zo verslapt en krachteloos, dat ze weet dat ze geen enkele kans maakt in een confrontatie met hem. Ze is ten dode opgeschreven als ze de kelder in vlucht, maar ze heeft geen keus.

De deur van de kelder staat nog open. Ze heeft maar een paar seconden nodig om naar binnen te gaan en de deur achter zich te sluiten. Kreuger komt de keuken binnen. Lisa draait de sleutel om in het slot en blijft doodstil staan.

Kreugers zware ademhaling is duidelijk hoorbaar aan de andere kant van de deur. Ze verroert zich niet. Voor haar gevoel staat ze daar eindeloos lang, maar in werkelijkheid kan er niet meer dan een minuut zijn verstreken voor Kreuger de bijkeuken verlaat. Ze luistert naar zijn tred, en vervolgens naar het schuivende geluid waarmee hij Menno's lichaam verplaatst. Dan hoort ze hem rommelen in de garage, en na een tijdje klinkt de eerste klap tegen de deur. Even denkt ze dat hij de deur wil openbreken, maar dan beseft ze dat hij hem juist dichtspijkert. Houten planken schuiven tegen elkaar aan, spijkers dringen naar binnen, het hele huis dreunt van de slagen. Anouk ligt stil op de grond en reageert nergens op.

Boven aan de trap zakt Lisa door haar knieën en huilt met haar gezicht tegen de deur.

40

Langzaam rijdt Senta door. Ieder huis dat links van haar opdoemt, bekijkt ze nauwkeurig, maar iedere keer heeft ze aan één blik genoeg om te zien dat het niet het huis is dat ze zoekt.

En dan, toch nog onverwacht, ziet ze het. Het ligt onder aan de dijk, omgeven door weilanden. Dit is het huis dat ze voor ogen had, ze herkent het meteen. Ze is hier geweest voor ze het ongeluk kreeg, dat kan niet anders.

Vastbesloten verlaat Senta de dijk en rijdt de smalle weg naar beneden af. Ze parkeert haar auto onder aan de weg, zoveel mogelijk in de berm, en stapt uit.

Niets in of om het huis roert zich. Zo te zien heeft ze pech en is er niemand thuis.

Ze loopt tussen de buxushaagjes door over het kiezelpad naar de voordeur en belt aan. Een ouderwets aandoend getingel vult de hal.

Er komt geen reactie. Ze belt nog een keer en houdt haar oor bij de deur, maar als het belletje is weggestorven klinkt er binnen geen enkel geluid.

Rechts van het huis is een uitbouw met een garagedeur. Als ze wil kijken of er echt niemand thuis is, zal ze om het huis heen moeten lopen en dat gaat haar net iets te ver.

Aan de andere kant, stel dat de bewoners in de tuin bezig zijn en haar niet horen.

Nog even weifelt Senta, dan loopt ze om de garage heen naar de achterkant van het huis. Een groot terras strekt zich voor haar uit, begrensd door borders vol hortensia's. Daarachter draait een droogmolen zachtjes rond in de wind. Aan de lijn hangen een paar lakens en een negligé. Eén laken ligt in het gras tezamen met het knijpermandje, de inhoud verstrooid eromheen.

Het lijkt wel of ze dit eerder heeft meegemaakt. Ze kijkt naar de knijpers en schudt verward haar hoofd. Dan stapt ze het terras op en schrikt. Er staat een man voor het raam. Hij heeft zijn armen over elkaar heen geslagen en zijn blik is strak op haar gericht. Alsof hij haar al lange tijd in de gaten houdt.

Intuïtief doet ze een stap naar achteren, maar opeens lost de spanning op door zijn glimlach.

Aarzelend glimlacht Senta terug. De man verdwijnt, duikt dan op in de keuken en haalt de deur van het slot.

'Goedemiddag,' zegt hij met een vriendelijk afwachtend gezicht.

'Goedemiddag, het spijt me dat ik u stoor en dat ik zo brutaal ben geweest om achterom te komen, maar ik wil u iets vragen. Het is belangrijk.'

Vragend kijkt de man haar aan, alsof ze in een paar zinnen uit de doeken zou kunnen doen wat er zo belangrijk is. Maar ze heeft weinig keus als hij niet van plan is om haar binnen te laten.

'Een paar dagen geleden was ik hier ook,' begint ze. 'Op

maandagmiddag was dat. Het was toen erg mistig.'

'Ja,' zegt de man langzaam.

'Ik was verdwaald,' gaat Senta verder, 'en ik denk dat ik hier de weg heb gevraagd. Herinnert u zich dat?'

Een frons verbindt zijn wenkbrauwen. 'Maandagmiddag?'

'Misschien was er niemand thuis toen ik aanbelde, dat zou kunnen. Ik kan me er zelf niets van herinneren, ziet u. Vlak daarna kreeg ik een ernstig ongeluk. Ik ben een eind verderop het water in gereden.' Ze knikt vaag naar de dijk en de man bekijkt haar met wat meer interesse.

'Dat heb ik in de krant gelezen,' zegt hij. 'Was u dat?'

'Ja, ik ben mijn herinneringen aan het uur vóór het ongeluk kwijtgeraakt, maar ik zie wel steeds dit huis voor me. Vandaar dat ik dacht...'

'Kom even binnen,' onderbreekt de man haar. Hij houdt de deur uitnodigend open en Senta loopt dankbaar naar binnen. Er hangt een merkwaardige, doordringende lucht in de keuken.

'Heel fijn dat u even tijd voor me heeft. Het is voor mij belangrijk om dat ontbrekende uur een beetje in te vullen, ziet u. Er is zoveel dat ik niet begrijp...'

Hij glimlacht begrijpend en geeft haar een hand. 'Ik ben Menno.'

Senta drukt zijn hand. 'Senta.'

Menno gaat haar voor naar de woonkamer en gebaart naar de bank. 'Ga zitten, Senta.'

Het klinkt meer als een bevel dan als een vriendelijk verzoek, maar daar stoort Senta zich niet aan. Zulke kortaangebonden types heb je nou eenmaal, en ze is allang blij dat ze de kans krijgt wat meer aan de weet te komen.

Ze gaat zitten. De zonneschermen zijn neergelaten tegen de laagstaande zon, en de kamer baadt in een zacht, oranje licht.

'U herinnert zich mij dus niet,' zegt ze.

'Nee, ik was er maandag niet. Als u iemand gesproken heeft zal het mijn vrouw geweest zijn,' zegt hij, terwijl hij eveneens gaat zitten.

'Ach ja, dat kan natuurlijk ook nog.'

'Ik wil het haar wel vragen als ze thuiskomt. Of ik bel haar even. Ik begrijp dat het belangrijk voor u is.' Hij leunt iets voorover en legt zijn armen op zijn knieën. 'Maar u heeft dus geen enkele herinnering aan die dag.'

'Wel aan die dag, maar niet aan het uur dat voorafging aan het ongeluk. Ik begrijp niet wat ik in deze omgeving deed en waarom ik zo idioot hard over die dijk reed. Het enige wat ik me herinner is dit huis. Vanmiddag besloot ik om terug te gaan naar de plek waar het ongeluk is gebeurd en het huis te zoeken. Vandaar.'

Menno knikt langzaam. 'Ik begrijp het. Weet u wat, ik ga mijn vrouw even bellen. Heeft u een moment?'

Tot Senta's verwondering gaat hij naar de keuken en sluit hij de deur achter zich. Er gaat nog een deur open en dicht, en vervolgens klinkt er verder weg gestommel. In de garage?

Senta trekt een paar keer haar neus op. Ook hier hangt die vreemde lucht.

Ze komt overeind en drentelt wat door de kamer. Een mooi groot huis is dit, zeg. Leuk ingericht ook, precies haar smaak. Aandachtig bekijkt ze de foto's op het dressoir. Veel kiekjes van een klein, donkerharig meisje, meestal in gezelschap van een knappe blonde vrouw en een man met halflang donker haar.

In de keuken gaat een deur open en dicht en Senta neemt snel weer plaats op de bank. Menno komt binnen en lacht verontschuldigend naar haar. 'Ik was aan het klussen in de garage, en daar had ik mijn mobieltje laten liggen. Ik heb gebeld, maar mijn vrouw neemt niet op.'

'O,' zegt Senta teleurgesteld.

'Ik zal vragen of ze je belt, oké?'

Hij zegt opeens 'je', alsof hij de beleefde manier waarop ze met elkaar omgingen niet langer vol kan houden. Iets in zijn houding, het strakke trekje om zijn mond en de gespannen manier waarop hij staat, vertelt Senta dat hij om de een of andere reden erg zijn best moet doen om vriendelijk over te komen.

Misschien kan ze beter opstappen. Nog even naar het toilet, ze heeft een lange terugreis te gaan. Met een verontschuldigend lachje vraagt ze of dat goed is en Menno knikt kort.

Terwijl ze op het toilet zit kijkt Senta om zich heen. Zelfs deze ruimte is gezellig gemaakt. Op de rand boven het spoelgedeelte staan geurkaarsjes en zeepjes en er hangt een zelfgemaakte verjaardagskalender aan de muur, voorzien van foto's. Senta kan de verleiding niet weerstaan de pagina's om te slaan. Op ieder kalenderblad staat een handgeschreven tekst waar de foto is gemaakt en wie erop staan.

Kreta, Menno, Anouk en Lisa.

Verwonderd kijkt Senta naar de foto die bij de tekst hoort. Ze herkent de vrouw van de foto's op het dressoir. Ze ziet ook een peuter en een knappe man met halflang donker haar, maar dat is niet de Menno die in dit huis rondloopt. Dat is vreemd. En die man doet ook al zo raar. Er klopt iets niet. Ze weet niet wat en waarom, maar er is iets niet in orde in dit huis. Op dat moment herinnert ze zich waarom deze man haar zo bekend voorkomt. Ze heeft hem eerder gezien, in het opsporingsbericht op het journaal.

Goeie god! Ze moet hier snel weg!

Haastig staat ze op, trekt haar slipje omhoog en haar rok over haar knieën. Ze wil net de deur van het slot doen als ze Menno, of hoe hij ook mag heten, de hal hoort binnenkomen. Alsof de deurklink onder stroom staat, zo snel trekt Senta haar hand terug. Haar hart bonst in haar keel. Ze gooit een zeepje in de toiletpot, een paar seconden later gevolgd door een tweede. Die plonsgeluiden, begeleid door het geluid van de wc-rol die afgewikkeld wordt, doen Menno terugkeren naar de woonkamer.

Haastig draait Senta het slot om en opent de deur. Door een kier van de openstaande kamerdeur ziet ze Menno voor het raam staan, zijn handen in zijn broekzakken. Ze schiet naar de voordeur en duwt de klink naar beneden. Hij geeft niet mee, de deur zit op slot.

41

De paniekaanval jaagt wild door haar heen, klemt zich als een strakke band om haar borst en legt een laagje zweet op haar voorhoofd. Haar ademhaling gaat met horten en stoten en ze moet zichzelf krachtig tot de orde roepen om te voorkomen dat ze gaat hyperventileren.

Rustig, rustig, spreekt ze zichzelf in gedachten toe. Niet laten merken dat je hem doorhebt. Als je het handig aanpakt, wandel je zo weer naar buiten.

Tegelijk vraagt ze zich af hoe ze weer naar binnen kan gaan. Hij ziet toch in één oogopslag in wat voor toestand ze zich bevindt. Maar ze kan hier evenmin blijven.

Terwijl Senta zichzelf bij elkaar raapt, zwaait tot haar schrik de deur opeens open en staat Mick Kreuger voor haar.

Het schiet door haar heen hoe merkwaardig het is dat ze die naam moeiteloos uit haar geheugen opdiept, terwijl ze niet eens zoveel aandacht aan het opsporingsbericht heeft geschonken. Had ze dat maar wel gedaan, dan wist ze nu met wie ze te maken had.

Ze veegt haar handen af aan haar rok en kijkt naar Kreugers vragende gezicht.

'Alles in orde?' informeert hij.

Senta lacht flauwtjes. 'Suikertekort. Ik had iets moeten eten voor ik van huis ging. Ik heb mijn lunch overgeslagen en op een gegeven moment gaat dat mis.'

Hij laat niet merken of hij haar gelooft, maar neemt haar aandachtig op.

'Ik moet trouwens weer eens gaan. Ik houd je al veel te lang op.' Haar stem klinkt onvast en om haar angst te verbergen keert ze zich naar de voordeur en draait aan de klink. 'O, die zit op slot,' zegt ze schijnheilig. 'Nou ja, dan ga ik dezelfde weg terug. Ik vind het wel.'

Kreuger leunt tegen de deurpost en glimlacht. Een vreemde houding als je iemand uitlaat. Een stem in Senta's hoofd schreeuwt dat ze moet maken dat ze wegkomt, dat ze geen seconde langer moet talmen. Met een snelle beweging stapt ze langs Kreuger heen, waarbij haar lichaam even het zijne raakt. Dan staat ze in de woonkamer en moet ze zich beheersen om niet te gaan rennen.

Gewoon doen, prent ze zichzelf in. Normaal afscheid nemen, anders krijgt hij argwaan.

Haar hakken klikken op de plavuizen vloer, op weg naar de keuken, maar halverwege draait ze zich om en zegt over haar schouder: 'Bedankt voor je tijd. Het zou prettig zijn als je vrouw me nog even belt.'

Tegelijk beseft ze dat ze hem geen telefoonnummer heeft gegeven, maar ze doet alsof ze daar niet aan denkt. Kreuger zegt er ook niets over. Hij staat nog steeds in dezelfde houding tegen de deurpost geleund en kijkt haar broedend aan.

De alarmschellen in haar hoofd gaan rinkelend af, een sirene loeit. Ze schiet de keuken in en stort zich op de achterdeur.

Hij zit op slot. Dan slaat de paniek pas goed toe en ze begint te gillen, te rukken en te trekken. De stoel bij de keukentafel zwaait ze tegen het glas, maar de deur houdt het.

Nu is het te laat, ze voelt en ziet het, want Kreuger is bij haar en hij heeft iets in zijn handen dat haar wild maakt van paniek.

In een wanhopige poging zich te verdedigen laat ze de stoel op Kreuger neerkomen, maar die weert de aanval met één arm af. Sterker nog, hij rukt de stoel uit haar handen en smijt hem opzij.

De elektriciteitskabel ligt losjes in zijn hand. Senta's hersenen weigeren dienst, zijn compleet lamgelegd, maar haar instinct tot zelfbehoud laat zich minder gemakkelijk uitschakelen.

Haar spieren spannen zich in haar nek en schouders, als die van een kat in het nauw die een noodsprong gaat maken. Een oerdrift komt in haar los en laat haar angst overgaan in woede.

Met een enorme schreeuw stort ze zich op Kreuger.

Verrast door haar aanval smakt hij tegen het aanrecht. Even is hij machteloos onder het geweld van haar klauwende vingers, krassende nagels en de kracht waarmee haar knie zijn kruis vindt. Luid vloekend zakt hij met één knie op de grond.

Senta vlucht de woonkamer in. Haar ogen flitsen in het rond. De deuren zitten op slot, dus de enige vluchtweg is naar boven. Maar ze heeft geen idee of ze daar weg kan komen en de kans dat ze in de val komt te zitten is groot. Dan moet ze een wapen zien te vinden.

Het eerste binnen handbereik is een schemerlamp met een gietijzeren voet. Een paar seconden later vliegt hij door het raam en breekt het glas met een oorverdovend gerinkel. Met een andere, identieke lamp slaat Senta zoveel mogelijk punten glas weg die haar de doorgang versperren.

Dan strompelt Kreuger naar binnen en ze schreeuwt het uit

als ze zijn moorddadige blik ziet. Ze houdt het voetstuk van de lamp als wapen voor zich, maar deze keer laat Kreuger zich niet verrassen. Als ze de lamp heft om toe te slaan, grijpt hij haar arm en draait hem een kwartslag om.

Met een kreet van pijn laat Senta de lamp vallen, en meteen daarna voelt ze het elektriciteitssnoer om haar hals. Automatisch gaat haar hand naar haar keel in een poging het snoer weg te trekken, maar Kreuger snoert het alleen maar strakker aan. Ze is machteloos. Alles wat ze kan is een paar verstikte geluiden uitbrengen. Kreuger doet een paar stappen naar achteren, zodat ze gedwongen wordt achteruit mee te lopen en ze zichzelf bijna ophangt.

'Dacht je nou echt dat je hier levend weg zou komen?' bijt Kreuger haar toe. 'Ik had het snel en pijnloos willen doen, maar misschien moet ik er maar eens de tijd voor nemen.'

De druk en pijn zijn bijna niet te verdragen. Senta's ogen puilen uit, er gaan schokgolven door haar lichaam en er schieten lichtflitsen voor haar ogen voorbij.

Ze heeft zich eerder zo gevoeld en afscheid genomen van het leven. De herinnering is er plotseling, maar alleen dat ene moment. Als ze een life hammer had gehad, was het niet zover gekomen. Dan had ze het raam kunnen inslaan en was ze haar auto uit gezwommen.

Achter haar oogleden verschijnen felle kleuren en vreemde vormen, waartussen de life hammer felgeel oplicht.

Met één hand blijft ze vruchteloze pogingen doen het elektriciteitssnoer van haar keel te trekken, terwijl haar andere hand naar haar jaszak tast en naar binnen glijdt. Een smal en zeer scherp wapen prikt in de palm van haar hand. Ze haalt het tevoorschijn, zwaait ermee naar voren, dan naar achteren en laat het met kracht tussen Kreugers benen terechtkomen.

Het kan niet anders dan raak zijn, en Kreugers hoge gil komt dan ook niet als een verrassing. Het snoer om haar hals krijgt wat speling, waar ze snel gebruik van maakt door haar vingers eronder te wurmen. Voor Kreuger kan reageren, zwaait ze nog een keer met haar hamer, deze keer naar boven. Een voltreffer in zijn gezicht.

Bevrijd van de druk om haar keel struikelt Senta naar voren, de kamer in. Hijgend slaat ze Kreuger gade. Met een bijna kinderlijk gejank grijpt hij naar zijn oog.

Senta snuift als een wild beest in doodsnood, de hamer dreigend in de aanslag, het zweet prikkend in haar ogen.

Maar Kreuger heeft wat anders aan zijn hoofd. Hij zakt jankend en vloekend op zijn knieën en houdt zijn handen tegen zijn oog gedrukt. Het bloed druipt tussen zijn vingers door.

Het opgewonden geroep van haar zoons vult Senta's hoofd, wrede kreten die de gewelddadige videogames die ze zo graag spelen begeleiden. Afmaken die handel! Sla hem dood!

Een paar seconden geleden handelde ze uit zelfverdediging, maar doelbewust op een gewonde man afstappen en hem doodslaan kan ze niet opbrengen.

Half huilend pakt ze haar mobiele telefoon en belt 112. Terwijl Kreuger gierend van de pijn over de vloer kruipt, geeft ze zo goed mogelijk door wat er aan de hand is en waar ze zich bevindt.

'We komen eraan, mevrouw,' zegt de vrouw die haar te woord staat. Uit haar ooghoeken ziet Senta Kreuger stukje bij beetje in haar richting kruipen. Bliksemsnel heft ze haar wapen.

'Uit mijn buurt of ik sla je hersens tot pap!' gilt ze. 'Ik heb de politie gebeld, ze komen eraan!'

Langzaam komt Kreuger overeind, met één hand zijn oog bedekkend. 'Vuile teef, dacht je echt dat je dit kon navertellen. Ik zal je...' Met een woedende brul vliegt hij op haar af, maar zijn coördinatie is niet zo best meer. Een vlugge stap opzij is genoeg om hem te ontwijken en Kreuger knalt met zijn hoofd tegen de openstaande keukendeur.

De klap is zo hard dat Senta even denkt dat hij zijn nek heeft gebroken. Van een paar passen afstand kijkt ze waakzaam toe. Zelfs doodstil op zijn rug, met gesloten ogen, vertrouwt ze hem voor geen cent. In een halve cirkel loopt ze om hem heen, bekijkt hem van alle kanten maar zet geen stap in zijn richting. Haar lichaam trilt zo hevig dat de life hammer in haar hand heen en weer beweegt.

Wat ze moet doen is hier gewoon blijven staan en hem in de gaten houden. Als hij beweegt kan hij nog een tik krijgen. De politie komt eraan, dat duurt misschien tien minuten, hooguit een kwartier. Dan is deze nachtmerrie voorbij, dat redt ze wel.

Op dat moment hoort ze iets. Senta spitst haar oren. Ergens in huis klinkt gebonk. Het geluid herhaalt zich met enige regelmaat. Niet-begrijpend kijkt Senta om zich heen. Is er hier nóg iemand?

Haar ogen glijden naar de foto van de vrouw en het meisje op het dressoir en opeens begrijpt ze waarom ze per se terug moest naar dit huis.

42

Met een laatste blik op Kreuger, die bewegingloos op de vloer ligt, loopt Senta de keuken in. Ze werpt een inspecterende blik om zich heen maar ze ziet niets bijzonders. Wel hoort ze iemand om hulp roepen. Het klinkt heel gedempt, alsof hij of zij in een kast zit, maar het is waarschijnlijker dat het geroep achter de dichtgespijkerde deur in de bijkeuken vandaan komt. Iemand heeft in grote haast, of woede, lukraak met een vijftal planken de deur dichtgetimmerd. Het is niet moeilijk te raden wiens werk dat geweest is. Het is ook niet moeilijk om te raden wat hij van plan was want in de hoek liggen een paar lege flessen spiritus. Het hout tegen de deur is ervan doortrokken, en er ligt een hele plas voor de deur.

Met haar gezicht vlak bij de deur roept Senta luid: 'Is daar iemand?'

'Ja! We zitten hier opgesloten! Help ons!' roept een vrouwenstem terug.

Ze heeft gereedschap nodig om die planken weg te halen.

'De deur zit dichtgetimmerd. Ik zoek even iets om hem open te maken,' kondigt ze aan.

'De andere deur geeft toegang tot de garage, maar hij zit op slot.' De stem van de opgesloten vrouw klinkt nu dichterbij. Waarschijnlijk staat ze vlak achter de deur.

Senta kijkt naar de garagedeur en ziet de sleutel in het slot steken. Zodra ze de deur opendoet komt er een merkwaardige lucht op haar af. Een ijzerachtige geur waarvan de hele ruimte doordrongen is. Tegelijk ziet ze een donkere gestalte op de grond liggen.

Haar eerste impuls is om terug te deinzen en de deur achter zich dicht te gooien. In plaats daarvan vermant ze zich, knipt het licht aan en werpt een snelle blik op het lijk. Veel tijd heeft ze niet nodig om te zien dat de man die daar op de grond ligt niet meer leeft. Hij ligt op zijn buik, maar een breed bloedspoor, van de deur naar het lichaam, maakt duidelijk wat zich hier in huis heeft afgespeeld.

Iemand heeft het bloed in huis opgedweild, maar de garage gelaten zoals die is.

Senta wendt haar blik af, loopt langs het lijk en zoekt op de werkbank naar gereedschap. Keuze genoeg. Met een breekijzer in haar hand loopt ze terug naar de bijkeuken. Vastberaden zet ze de klauw van het breekijzer achter de eerste plank. Ze plaatst één voet tegen de muur en trekt met kracht. Het gaat langzaam en kost haar meer energie dan ze had gedacht, maar na een tijdje ligt al het houtwerk aan haar voeten.

'De planken zijn weg, maar ik heb geen sleutel,' roept ze.

Bij wijze van antwoord knarst aan de andere kant van de deur een sleutel in het slot, en de deur gaat voorzichtig open.

Een bleek vrouwengezicht, omlijst met slordig blond haar, kijkt haar door de smalle opening aan. 'Waar is hij?' fluistert ze.

Met het zweet nog op haar voorhoofd knikt Senta in de richting van de woonkamer. 'Hij ligt daar. Bewusteloos. Of dood, dat weet ik niet. Kom.'

Langzaam steekt ze haar hand uit naar de vrouw en helpt haar met zachte dwang naar buiten.

Senta raakt overstelpt door medelijden. Wat heeft die arme vrouw in godsnaam moeten doorstaan?

'Ik ben Senta,' zegt ze zacht. 'Wees maar niet bang, het is voorbij. Hij kan je niets meer doen.'

Er verschijnen tranen in de ogen van de vrouw. 'Echt?' fluistert ze. 'Is hij weg?' Dan breekt de herkenning door op haar gezicht. 'Jij bent de vrouw die hier voor het raam stond, die hulp ging halen. Toch?'

Senta knikt langzaam. Zo moet het gegaan zijn, al weet ze er niets meer van af.

'Woon je hier? Ben jij Lisa?'

Lisa knikt.

De twee vrouwen kijken elkaar enige tijd aan, dan draait Lisa zich om en stommelt het trappetje af. Ze komt terug met een meisje in haar armen dat ze in de keuken op de grond legt. Het kind opent haar ogen en begint onsamenhangend te mompelen.

Verschrikt schiet Senta toe. 'Mijn hemel!'

'Water,' zegt Lisa slechts.

Veel meer uitleg heeft Senta niet nodig. Ze schenkt een glas water in, ziet rietjes op de tafel tegen de muur staan en steekt er een in het glas. Terwijl zij het meisje overeind helpt, houdt Lisa haar het glas water voor. Het rietje brengt uitkomst, want ze heeft moeite met drinken. Pas als de eerste slokken door haar keel glijden, concentreert Anouk zich op het drinken.

'Zo, gaat het weer?' zegt Senta zacht, en met een blik op Lisa: 'Ze is uitgedroogd. Ze moet naar het ziekenhuis.'

'Waar is Kreuger?' vraagt Lisa slechts.

Opeens komt ze overeind en gaat in de deuropening van de

keuken naar de woonkamer staan. Zonder een woord te zeggen kijkt ze naar Kreugers roerloze lichaam en de wond aan zijn oog. 'Hij is niet dood,' zegt ze vlak.

Senta is haar achterna gelopen en legt een hand op Lisa's arm. 'Hij kan ons niets meer doen, hij is zwaargewond. Ik heb de politie gebeld. Hoor maar, daar komen ze aan.'

Ze steekt haar vinger in de lucht om Lisa's aandacht te vestigen op het geluid van sirenes in de verte.

'Hij leeft nog.' Behoedzaam buigt Lisa zich over Kreugers lichaam.

'Mama...' zegt Anouk angstig.

Senta trekt het meisje naar zich toe. 'Hij kan jullie niets meer doen, liefje.'

Maar opeens kreunt Kreuger. Hij probeert zich op te richten en ziet Lisa staan. Met een gewelddadige grauw haalt hij naar haar uit.

Gillend springt Lisa achteruit, net buiten zijn bereik. Met één haal graait ze het breekijzer naar zich toe waarmee Senta hen heeft bevrijd.

Intussen wankelt Kreuger op hen af, één hand tegen zijn oog gedrukt.

Als hij Lisa met het breekijzer ziet staan, kijkt hij haar strak aan. Lisa's blik wijkt niet voor de zijne. Opnieuw beleeft ze het moment dat hij haar huis binnendrong en haar tegen de grond sloeg. Ze doorleeft ieder angstig moment van de afgelopen week. Ze ziet zijn rood aangelopen gezicht voor zich toen hij haar in haar eigen bed verkrachtte en in haar klaarkwam, en in gedachte ligt ze weer brakend voor de toiletpot.

En ten slotte denkt ze aan Menno. Aan de liefde in zijn ogen voor ze wegdraaiden.

Lisa voelt het aankomen. De sluimerende woede die ze zo lang heeft moeten onderdrukken bouwt zich steeds sneller op, zoekend naar een uitweg. Wraakzucht hoopt zich in haar op, vecht om naar buiten te komen. Haar woede is een te krachtige emotie om tegen te houden. Als een geiser spuit hij in haar omhoog en breekt los.

Met een verbeten gezicht doet ze een stap in Kreugers richting en zijn blik verandert. Hij deinst terug als ze met beide handen het breekijzer omhoog brengt.

Hij struikelt en valt op de grond. Er verschijnt iets smekends in zijn ogen maar Lisa ziet alleen de spot, machtswellust en dreiging die eerder zijn gezicht tot zo'n gevaarlijk masker vervormden.

'Je verlof is voorbij,' zegt ze. De pijn in haar hand is op wonderbaarlijke wijze verdwenen en met al haar kracht laat ze het breekijzer op hem neerkomen.

'Het is voorbij, voorbij, voorbij!'

Als Kreuger niet meer beweegt en de vloer en haar kleding besmeurd zijn met bloed laat ze het breekijzer krachteloos uit haar handen vallen.

'Kom maar. Ga even zitten.' Geschokt slaat Senta haar arm om Lisa heen en begeleidt haar naar de bank, waar Lisa geluidloos verder huilt. Ze helpt Anouk naast haar moeder op de bank en dan loopt ze met tegenzin naar het verminkte lichaam van Kreuger. Veel langer dan ze eigenlijk kan opbrengen moet ze zijn zakken doorzoeken naar de sleutel van de voordeur. Haar handen zitten onder het bloed als ze ermee naar de hal loopt. Het lijkt uren geleden dat ze daar vergeefs aan de deur stond te trekken. Met trillende handen draait ze de sleutel om en zet de deur wijd open.

Dan gaat ze terug naar Lisa en Anouk en neemt naast hen plaats op de bank. Ze spreken geen woord maar luisteren naar de politiesirene in de verte. Met z'n drieën wachten ze tot het gierende geluid uiteindelijk voor de deur tot zwijgen komt.